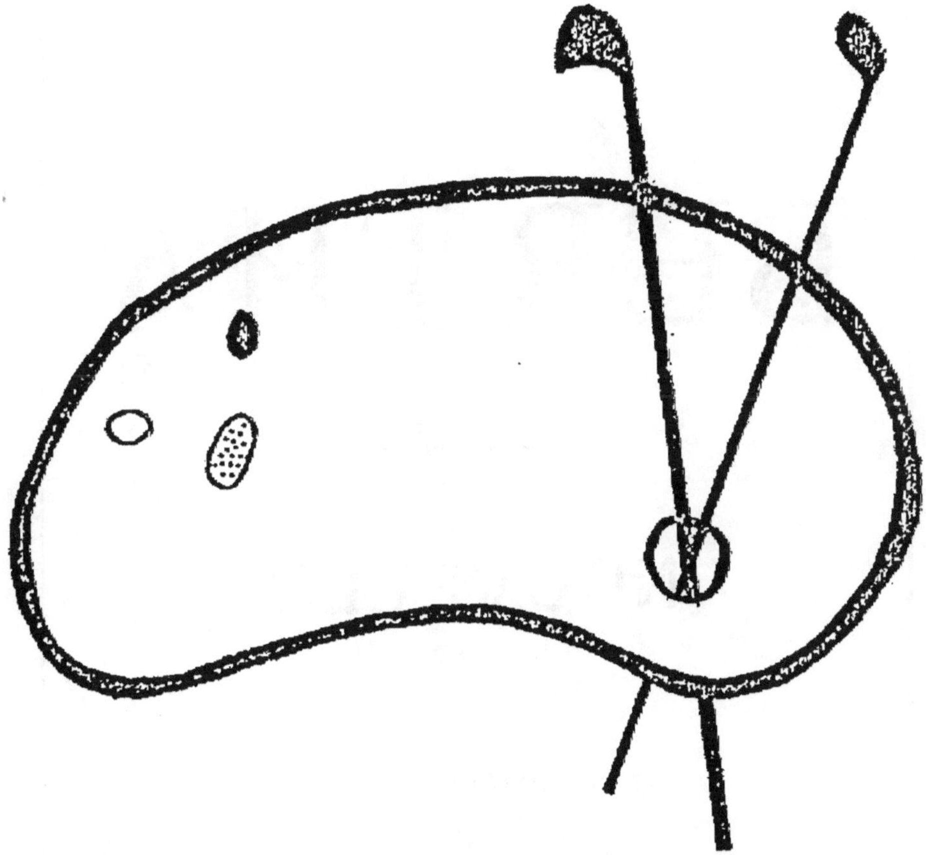

COUVERTURE SUPERIEURE ET INFERIEURE
EN COULEUR

VICOMTESSE DE B...

BERTHA

NOUVELLE

CLERMONT-FERRAND

IMPRIMERIE CENTRALE, MALLEVAL

8, Avenue Centrale, 8

—

1877

BERTHA

VICOMTESSE DE B...

BERTHA

NOUVELLE

CLERMONT-FERRAND

IMPRIMERIE CENTRALE, MALLEVAL

8, Avenue Centrale, 8

—

1877

BERTHA

NOUVELLE

═══════════

I

SIX SIÈCLES APRÈS LA CROISADE

Le château de l'Oseraie qui empruntait son nom aux vastes champs d'osiers dont il dominait l'étendue, avait été bâti au commencement du XIVᵉ siècle par Alain du Garric, officier du roi, puis chevalier de Malte. Il s'élevait non loin de Lunel et de Montpellier, à mi-côte au-dessus de cette immense plaine de la Crau, qui s'étend verte d'abord, puis stérile et sablonneuse, sans autres limites que la ligne bleue de la Méditerranée.

A l'époque où commence cette histoire, l'Oseraie présentait à la vue une masse imposante mais irrégulière, divisée nettement en deux : *le vieux château* avec son perron affaissé, sa porte basse taillée en ogive, son donjon à demi détruit, festonné çà et là d'un reste de créneaux ; et les bâtiments récemment construits, appelés *la Tour neuve*.

Des fenêtres cintrées du vieux château on

avait en face de soi, couchée à l'horizon et
colorée des reflets changeants du soleil pro-
vençal, la mer, tantôt bleue, tantôt phospho-
rescente, semée à perte de vue de petites voiles blanches assez semblables à des ailes d'oiseau ; et au-dessous, jetée comme une oasis au
milieu d'un Sahara en miniature, l'étrange
cité d'Aigues-Mortes, avec sa forteresse légen-
daire à 9 portes et à 15 tours. On y arrivait
du côté de la mer par le canal sillonné de bar-
ques, et de l'autre par une route plantée de
Pins d'Alep et de *peupliers blancs* qui rejoi-
gnait la route de Lunel à Montpellier. Le
phare était allumé chaque nuit, et sa lueur
voilée sur la ville se projetait, cependant, sur
une colossale statue de Saint-Louis, lourdement charpentée, mais s'imposant à l'imagination avec la force irrésistible des anciens souvenirs.

Et de fait il fallait éprouver l'émotion
grave et profonde d'un passé de six siècles,
pour goûter l'incomparable tristesse de ce
paysage semé de flaques d'eaux verdâtres,
d'herbes jaunes, de lys marins décolorés, et
animé seulement par ses oiseaux de mer, ses
troupeaux errants et le phénomène de son mirage dû à la réverbération des rayons du soleil sur le sable fin et les cailloux luisants de
sel, qui recouvraient à perte de vue la partie de
la plaine avoisinant la mer.

En dépit de cette tristesse du sol et de la

végétation, la campagne d'Aigues-Mortes était admirablement grandiose et se déroulait dans son entier au pied du *vieux château* qui, malgré cette vue du site et les souvenirs de saint Louis, était resté inhabité depuis 1793 ; toute la vie, tout le mouvement, s'étaient concentrés dans la *tour neuve*, située au nord, regardant Montpellier, Cette et ses montagnes dans le lointain.

Le coup d'œil y était moins beau, partant moins désolé, il y avait plus d'ombre et de fraîcheur, grâce à une source jaillissante, alimentant un petit ruisseau qui courait au travers d'un bois de haute futaie, planté de cyprès, d'oliviers et de pins.

Ce bois avait été jadis le grand parc de l'Oseraie.

En descendant la côte, on trouvait le village, la petite église un peu isolée, et le domaine du Garric caché derrière ses murs d'enclos frangés de hauts peupliers ; habitation confortable et simple, moitié maison bourgeoise et moitié château, appelée plus ordinairement : *la ferme*, à cause des troupeaux de taureaux noirs et de chevaux camargues que les fermiers y élevaient.

Le Garric et *l'Oseraie* ne formaient autrefois qu'une seule et immense propriété divisée depuis entre les deux frères : le baron Hugues de l'Oseraie et le chevalier Robert du Garric.

Un soir du mois de novembre 1801, une

jeune femme de petite taille vêtue d'une façon
originale quoique sévère pour le goût à la fois
étrique et fastueux de l'époque, descendait
d'un bateau de pêche venant du *Grau-du-
roi* (1) et débarquant à Aigues-Mortes plusieurs passagers, touristes et paysans. Elle
était enveloppée d'un châle bleu sombre, et
d'une mantille espagnole en dentelle de laine,
nouée autour du cou, dont les plis flottants
voilaient les cheveux et le haut du visage.
Ses pieds d'une petitesse proportionnée à sa
taille, étaient chaussés de souliers découverts
à bouffettes et à boucles, ce qui dénotait vaguement certaines habitudes d'élégance ; sur
le côté, une aumônière en velours grenat,
brodée d'acier, pendait à sa ceinture par une
chaînette à glands.

Il eût été difficile de préciser à quelle classe
de la société elle appartenait ; mais quoique
petite, il y avait dans son attitude et dans ses
mouvements je ne sais quelle grâce hautaine,
qui à un moment donné devait singulièrement
la grandir.

Il faisait presque nuit, quoique sept heures
n'eussent pas encore sonné, mais ce qui restait
de jour était considérablement assombri par
de gros nuages noirs et une menace de pluie
prête à tomber.

(1) Petit port de pêche assez actif, situé à l'entrée du
canal ; sorte de faubourg maritime d'Aigues-Mortes.

Dès que la barque fut amarrée, la jeune femme sauta lestement à terre, et attendit que tous les passagers eussent payé et se fussent éloignés chacun dans leur direction ; alors elle retira une pièce d'or de l'aumônière en velours grenat, et la tendit au batelier, gros homme replet, à l'air souriant et bonnasse qui l'examinait curieusement. En voyant la pièce, le bonhomme eut un large sourire et ôta son béret de cotonnade :

— Je crois qu'il y a trop ! dit-il en hésitant, mais non sans rapprocher la pièce de son gousset.

— Eh bien ! le reste sera pour vos enfants. Vous avez bien des enfants, je suppose ?

— *Pécaïre* ! fit-il avec attendrissement, deux petites et un garçon et le quatrième à la Saint-Jean. Avant qu'ils puissent mettre la main au bateau, il passera de l'eau sous le pont !

— Mais vous êtes encore jeune et vous avez le temps de faire fortune, en attendant qu'ils grandissent. Voulez-vous me garder cette valise chez vous jusqu'à demain ?

Et du doigt elle désignait une petite malle solide à deux cadenas.

— Guston ! cria le batelier ; hé ! Guston !

— Attendez un moment, patron, répondit une voix aigre et jeune à quelques pas de distance ; le temps seulement de *tomber* la quille d'en haut et j'arrive !

— C'est le petit, madame, un filleul à ma

femme qui portera bien la valise jusqu'à chez vous ; il est déjà fort, le gaillard, pour son âge.

Guston était un grand garçon, maigre et dégingandé, qui faisait régulièrement, vis-à-vis de son patron, l'office du chien de Jean de Nivelle.

— C'est inutile, répondit la voyageuse, je ne suis qu'en visite, et si je ne trouve pas les personnes que je vais voir, je repartirai demain. A bientôt !... maître.., Pial, je crois ?

— Claude Pial, patron du *Saint-Louis*, pour vous servir, ma bonne dame, — et le gros homme ôta de nouveau son béret. — Mais si par hasard vous n'aviez pas de voiture, j'enverrais Guston chercher la carriole des Frontin, en même temps nous y mettrions la valise de madame...

— Merci, je vous répète que c'est inutile ; on viendra peut-être m'attendre sur la route.

— Monsieur votre mari sans doute ? Les hommes, c'est si impatient !

— Et si curieux ! pensa la jeune femme.

— *Pécaïre !* continua l'excellent Claude, *il fait* bien tard pour vous en aller toute seule par les chemins et chaussée commme vous l'êtes ! *Je m'en vas* vous accompagner... Guston ! hé ! Guston... ! Ah ! mâtin ! si je t'attrappe !

Il fit tout à coup un saut de côté : la boule à quille de Guston était venue témérairement se loger sur les orteils du patron.

Dès que la voyageuse vit Claude lancé à la

poursuite du filleul de sa femme, elle se mit à courir dans la direction opposée, et ne ralentit sa course qu'après avoir gagné le chemin de traverse qui montait au Garric et à l'Oseraie. Tout en marchant elle s'absorba dans ses pensées, sans songer que l'ombre s'épaississait, et qu'une petite pluie fine et pénétrante se faisait jour à travers les feuilles rares et déjà jaunies des arbres. Elle arriva ainsi au Garric et s'arrêta devant la grille ; les fenêtres de la ferme étaient closes, on n'apercevait pas de lumière dans l'interstice des volets.

— Ils doivent être tous là-haut, je présume, se dit-elle.

Tournant à gauche quand même, elle frappa aux carreaux d'une maisonnette cachée dans les arbres.

— Eh ! qui frappe ? cria-t-on de l'intérieur.

— Pardon, je voudrais dire un mot au garde.

— Il n'y est pas, ni ma gendresse non plus... Poussez la fenêtre, ajouta-t-on avec méfiance, elle n'est pas fermée.

— Il me semble que vous pourriez tout aussi bien m'ouvrir la porte.

Et la jeune femme entra hardiment sur le seuil.

Il n'y avait dans la chambre, au coin de la haute cheminée, qu'une vieille paysanne assise *al canton* (1) et balançant des pieds un de ces

(1) Locution toute méridionale, signifiant le *coin du feu*.

berceaux d'osier à bandelettes , ce supplice de
nuit et de jour que les paysans d'autrefois in-
fligeaient à leurs enfants jusqu'au-delà du
premier âge.

Dans le coin opposé, un homme qui paraissait avoir dépassé la soixantaine, était occupé
à souffler à outrance un feu de bois vert qui
ne s'allumait pas. Il portait une demi-livrée
qui n'était pas faite pour étoffer ses membres
grêles, et avait cet air honnête et naïvement digne de quelque vieux serviteur de bonne maison.

— Je voudrais voir monsieur le chevalier,
dit la nouvelle venue sans bouger de place.

— Monsieur le chevalier n'y est pas, répondit aigrement la vieille. Guillaume est allé
l'attendre à Aigues-Mortes avec le cheval.....
Si vous plaît, père Josce, *éclairez-moi* ce feu un
peu vite donc !

— Je ne comprends pas, faut que le bois *soye*
mouillé... Je m'en vas *éclairer le calel* (1) plutôt... C'est une aventurière pour sûr, ajouta-t-
il en baissant la voix , ou peut-être un homme
déguisé en femme pour que *ça soye* plus facile
de s'introduire dans la maison.

— Une aventurière ça se peut, mais un
homme ? ça c'est impossible ! Faut que vous
ayez la berlue, pauvre Josce ! C'est bien trop
menu pour être un homme ! Regardez-moi ça
un brin *si vous plaît !*

(1) Lampe de cuisine très-grossière.

A cet instant la lumière éclaira la silhouette de l'étrangère.

Vue ainsi avec ses vêtements sombres et tombants, et encadrée dans l'ouverture de la porte sur un fond de ciel gris, elle avait quelque chose d'étonnamment fantastique. Soudain elle ramena sa mantille sur son visage, elle venait d'apercevoir la figure du domestique appelé Josce.

— Eh ! mais... Eh !... s'écria ce dernier en reculant comme frappé de terreur.

Le *calel* tomba à terre et s'éteignit. La paysanne poussa un cri perçant et se précipita sur Josce qui, reculant toujours, renversa la table, puis la cruche d'eau, et le restant de la vaisselle. L'enfant réveillé en sursaut se mit à geindre de toute la force de ses petits poumons, le chat irrité répondit sous les couvertures, et l'un poussant l'autre ils arrivèrent dans l'alcôve où il se fit un nouveau vacarme, dominé tout à coup par un éclat de rire argentin, dont les notes sonores furent répétées et se perdirent dans l'éloignement ; puis le silence ne fut plus troublé que par les respirations oppressées et le crépitement de la bruine sur les vitres de la loge.

— Si ce n'est pas elle, c'est le diable, murmura le vieux domestique. Et, rallumant son *calel*, il regarda au dehors avec toutes sortes de précautions. Mais il faisait presque nuit ; les arbres placés irrégulièrement projetaient des sinuosités ombreuses ; il ne vit personne et referma la porte avec soin.

Cependant la voyageuse s'était remise en marche. Après avoir dépassé le Garric elle arriva aux pieds de l'Oseraie qui détachait sa masse noire et blanche sur le ciel pluvieux. Au lieu d'entrer par la *Tour neuve* elle marcha droit au *Vieux château*, vers la porte basse du donjon. Avant de frapper elle hésita un instant et regarda autour d'elle avec un air d'étonnement profond. Elle vit la grande cour déserte, semée çà et là de pierres écroulées ; dans les interstices des pavés croissaient des herbes pâles et laides, et les murs décrépits avaient de longues entailles sillonnées de fumée. Le toit réparé grossièrement, complétait l'aspect désolé des charpentes, et il était facile de voir que le feu avait passé par là.

— J'aurais dû penser qu'on n'habitait plus de ce côté, se dit-elle, ici ce sont les ruines. Oh ! que c'est triste... que c'est triste !... Et elle soupira regardant une dernière fois le *Vieux château* et se sentant saisie de ces sentiments de douleur intime, que cause l'aspect morne, le silence et le complet abandonnement des choses aimées.

Dans la cour des bâtiments neufs elle vit les fenêtres éclairées, et plus loin, un domestique armé d'une lanterne et conduisant un cheval aux écuries. Il y avait là un massif de vinaigriers et de lauriers roses, elle s'y blottit ;

l'instant d'après un jenne homme passa rapidement devant elle, ouvrit la porte d'entrée et monta l'escalier en courant. Un autre domestique parut ensuite portant un sac de voyage.

La jeune femme avança la tête avec précaution et reconnut le Josce de la loge du garde; il marchait timidement, s'arrêtant à chaque pas et regardant autour de lui d'un air soupçonneux.

Elle ne put s'empêcher de sourire :

— Il faudra bien que je lui parle, se dit-elle. Mais le moment n'était sans doute pas opportun, car elle se dissimula de son mieux derrière le massif.

II

ÉTUDE DE TÊTES

— Parbleu ! curé, vous êtes par trop distrait ! Cela vous perdra, mon cher....., et en définitive cela vous perd..., je vous le disais bien..... Vous jouez comme un enfant....

Et joignant le geste à la parole M. de l'Oseraie fit une rafle de trois pions dans le jeu de son adversaire.

— Et d'un ! cria-t-il joyeusement. Écoutez donc, l'abbé, en disant que votre distraction vous perdra je raisonne juste, voyez plutôt : si ce soir en ôtant votre chapeau vous vous étiez souvenu que la calotte y était restée vous n'auriez pas obligé ces dames à vous la chercher partout comme une épingle, et de deux ! Ensuite vous n'y auriez pas gagné un rhume de cerveau, et de trois ! Je n'ajoute pas que du rhume de cerveau à la fluxion de poitrine il n'y a qu'un pas. Je me borne à conclure que d'une petite distraction il peut résulter trois conséquences fâcheuses....

L'abbé Gervais, curé de Saint-Eustache-du-Garric, eut un imperceptible haussement d'épaules. C'était un homme jeune encore, laid de visage pour quiconque aurait recherché la régularité des traits et l'harmonie des lignes, mais loin d'être jugé tel par ceux qui pouvaient saisir la profondeur mystérieuse et douce de deux yeux bruns qu'il tenait constamment baissés. Au demeurant, Bernard Gervais était un fils de paysan camargue, moralement au-dessus de sa première position sociale. En 93 il avait officié sous les bois de taillis, au fond des grottes mystérieuses, et dans les caves humides des châteaux.

En temps de paix il lisait beaucoup, rêvait quelque peu, et faisait le plus de bien possible.

— Je vous ferai observer, monsieur le baron, dit-il poliment, que si nous entamons le chapitre de mes distractions cela menace de nous mener loin.... et il est déjà tard. Eh ! mais, neuf heures, je crois ?...

— Vous savez bien que la pendule avance ? Allons, encore une partie et ce sera la *belle*.

Voilà comme vous êtes, mon cher ; vous oubliez la belle ?

L'abbé poussa un soupir de résignation.

— Que diable ! continua le bavard gentilhomme. Je ne suis pas méchant ! Et pour ce
soir nous en resterons au premier alinéa du
chapitre... Bon, nous y voilà encore ! Si au
lieu de regarder à chaque instant la pendule,
vous aviez l'œil à votre jeu, vous n'auriez pas
avancé inconsidérément ces deux pions que
voilà.... qui me font aller à dame ! et de quatre, curé, et de quatre !

— Baron, vous êtes impitoyable !

— Mais non, mais non... puisqu'il est convenu que les gens d'esprit sont des gens distraits... Ecoutez-donc ! cela me rappelle qu'il
y a vingt ans.... dam ! je n'étais plus très-
jeune.... à cette époque, ce qui n'empêchait
pas quelques âmes charitables de dire encore :
« Le beau l'Oseraie ! » C'était au jeu de la
reine, vous savez ?... le jeu de la reine du lundi...

L'abbé avança vivement ses pions.

— Ah ! grand Dieu ! mon pauvre ami ! Si
vous pensez bien comme vous jouez mal !...
Enfin, vous avez encore une chance pour
vous... Je vous disais donc qu'au jeu de la
reine...

L'abbé toussa énergiquement et se moucha
de même.

— Vous voyez bien ? C'est un rhume de
cerveau.... Donc, j'étais ce soir-là derrière le

fauteuil de Mme de Chaumont, cette petite madame de Chaumont, aux yeux mauves....

— Des yeux mauves ? Où avez-vous pris
cela, baron ?

— Parbleu ! ce n'est pas dans les salons de
M. de Buonaparte, j'imagine ! On trouvait ces
jolies choses autrefois, dans les boudoirs de
Marie-Antoinette, notre pauvre chère reine !
Figurez-vous deux pervenches... Vous souvient-
il de l'histoire de Madame de Chaumont aux
yeux mauves, Claudine ?

— Je crois en effet me souvenir.... répondit
une voix de femme à l'angle de la cheminée,
mais si vous nous contiez cela demain, mon
cher Hugues ?... Ce serait plus charitable pour
M. le curé, qui en vous écoutant fera certainement de nouvelles fautes.

L'abbé Gervais eut un sourire reconnais-
sant.

— Ah ! cette fois je suis perdu ! s'écria-t-il
en considérant son jeu.

— Et sans espoir, curé ! Vous êtes bloqué...
tout à fait bloqué..... Que pensez-vous de cela,
Claudine ?

— Il est certain que M. le curé est dans
une situation... difficile. Et Mme du Garric se
pencha sur le damier pour mieux juger de la
situation de M. le curé.

Veuve très-jeune de Jean Robert du Garric
de l'Oseraie, frère du baron actuel, elle n'avait
presque jamais quitté le deuil, qui s'harmoni-

sait du reste avec la transparence maladive de son teint et l'austérité calme et douce de sa physionomie.

À coté d'elle le baron Hugues bien qu'il n'eût pas tout à fait soixante-dix ans paraissait être arrivé à cette période décroissante de la vie, où les facultés de l'homme, brusquement affaiblies, descendent peu à peu à ce degré d'enfantillage et de sensibilité triste, — mais respectable — des vieillards.

Cependant M. de l'Oseraie n'en était encore qu'aux premiers symptômes de ce naufrage moral. Sous sa belle taille courbée, et ses cheveux blanchis, il se souvenait qu'il avait été très-beau et racontait volontiers, avec de gros rires, pleins de soulignements et de sous-entendus, les anecdotes de la cour, et ses bonnes fortunes. Mais de la Révolution, des massacres de la Terreur, de l'incendie des châteaux, il n'en fallait jamais parler; à la moindre allusion, sa figure s'assombrissait, et il tombait dans une tristesse morne, presque hébétée, que le rappel de ses goûts favoris était seul capable de dissiper. Les goûts favoris de M. de l'Oseraie se bornaient au jeu de dames, à l'étude du blason et, par-dessus tout, aux recherches d'antiquités.

Tous les soirs le curé du Garric venait faire la partie accoutumée. La laideur présumée de l'abbé Gervais réjouissait fort le baron qui se sentait, sur son partner, cette supériorité incontestable du visage, sans compter celle du jeu de dame, auquel, il faut bien le dire, le curé n'entendait rien.

Après sa sieste, Hugues de l'Oseraie s'enfermait dans sa bibliothèque, où il restait de longues heures en contemplation devant de petites pièces de bronze la plupart hiéroglyphiques, de cachets armoriés, de médailles de cuivre, et d'empreintes de cire d'un rouge décoloré, apposées sur des parchemins jaunis et intraduisibles ; le tout contenu dans lés écrins superposés d'un coffre en fonte, et longuement expliqué dans l'*Histoire du blason*, du père Louis Menestrier, livre très en vogue quinze ans auparavant.

En politique, les idées du baron n'étaient guère plus avancées ; pour lui, Turgot n'avait été qu'un rêveur dangereux, un réactionnaire obstiné de qui venait tout le mal.

Il accueillait chaque nouvelle des gloires qui sillonnaient déjà la route du jeune Bonaparte avec un mutisme indifférent, ou des sourires d'ironie glacée. Il ne disait pas comme ce philosophe de l'antiquité: « *Les dieux s'en vont,* » mais à chaque événement qui nous rapprochait de l'empire on l'entendait murmurer entre ses dents : — Patience ! patience !... ils vont revenir... Que la France ait seulement lavé ses hontes et la fleur de lys renaîtra de ses cendres !

— Je n'aurais jamais donné ma fille, di-

sait-il en s'animant, qu'à un admirateur aussi
fervent que moi des vieilles choses et des vieilles coutumes, qu'à un féal serviteur du roi de
France ! Et s'il plaît à Dieu, je ferai de même
pour celle qui me reste, bien qu'elle ne com-
prenne rien aux traditions de ses aïeux.

A 30 ans, Hugues de l'Oseraie avait épousé
la fille unique d'un *petit* grand d'Espagne :
Mariquita d'Espars y Bancos, y Torredo, qui
lui avait apporté en dot peu de beauté, beaucoup d'imagination, une famille éteinte et
un héritage de seize cent mille douros.
Comme certaines espagnoles blondes, la baronne avait une santé délicate et des nerfs très-
irritables. On la vit peu à Montpellier, encore
moins au jeu de la reine, qui continua tous les
hivers à faire les délices du baron.

Quand elle mourut jeune encore au château
de l'Oseraie, le monde s'inquiéta beaucoup de
la quantité effrayante de bonbons à la vanille
que cette pauvre baronne avait absorbés, et
du nombre fabuleux de romans de chevalerie
que sa tante d'Espars lui envoyait de Madrid;
la vieille demoiselle, seule descendante directe
de la famille, écrivait le roman sur le modèle
du *Grand Cyrus*. Quant aux larmes que la
jeune femme avait dévorées dans ses longues
heures de solitude, elles restèrent ignorées
commme la vie réelle de celle qui les avait
versées. Après une attente de six années Mariquita d'Espars eut deux filles, à une très-

grande distance l'une de l'autre. L'aînée avait péri lors des massacres d'Avignon et de l'incendie du château, cette époque néfaste dont M. de l'Oseraie, on le comprend, repoussait le souvenir ; et la plus jeune était restée le vivant portrait de sa mère.

Dans le grand salon éclairé seulement de deux lampes, à quelques pas de la table à jeu, Marguerite de l'Oseraie brodait au tambour ; grande et mince avec des cheveux d'un blond ardent, de légères taches de rousseur sur un visage rose et délicat, mais peu régulier, elle était presque laide au premier abord ; cependant, pour qui l'eût examinée avec une attention soutenue, elle avait ce reflet de beauté intérieure qui ne s'acquiert pas, cette pureté native qui ne devine rien au-delà du beau et du vrai, la limpidité d'un regard d'enfant, et le sourire résigné de la femme qui sent son infériorité ; car outre le manque de beauté physique, Marguerite était légèrement boiteuse, mais si peu que, si elle eût été jolie, on aurait pu dire d'elle ce qu'un siècle auparavant on disait de Mlle de la Vallière : « C'est une grâce de plus. »

Ce charme infini que la jeune fille pure et la femme chrétienne savent répandre comme un encens autour d'elles, est d'autant plus vif qu'il semble plus ignoré. Il en était ainsi de Marguerite; très-jeune d'âge et de goûts, elle agissait sans calcul, bannissant de sa toilette et de son langage l'excentricité et l'affêterie qui régnaient dans les salons à la mode sous le consulat ; non qu'elle en eût pesé l'exagération et le ridicule, mais instinctivement, parce que sa nature simple ne l'y portait pas.

Or ce soir-là Marguerite de l'Oseraie brodait fort mal contre son habitude, et ne faisait nulle attention à la partie qui absorbait si complétement son père. A chaque instant son œil bleu un peu étroit se fixait sur la pendule en boule, qui ornait la cheminée Louis XIII, pour se rabaisser ensuite distraitement sur son métier.

Il était certain que l'ouvrage n'avançait pas.

De guerre lasse, elle enfouit pêle-mêle ses perles et ses soies dans le fond de sa corbeille, puis se glissant vers la fenêtre la plus éloignée elle l'ouvrit toute grande et s'accouda sur le rebord.

— Mon Dieu ! Marguerite ! s'écria Mme du Garric, tu vas nous enrhumer tous.

Mais la jeune fille, penchée au dehors, semblait écouter avidement un bruit lointain.

— Philippe arrive ! ma tante, dit-elle tout à coup, j'ai entendu le trot de Cadi sur les pavés de la cour, du côté du vieux château.

— Ferme donc, mon enfant, reprit Mme du Garric avec un peu d'impatience. — Pourvu qu'il ait mis son caban en route, ajouta-t-elle à demi-voix, il fait un vrai temps d'hiver ce soir.

Marguerite obéit, et s'approchant de la cheminée elle jeta sur la braise une brassée de menu bois et de feuilles sèches qui pétillèrent joyeusement. L'instant d'après un grand lévrier fauve entrait en bondissant, et vint s'abattre sur les épaules de la jeune fille agenouillée près du feu sur la natte de paille tressée.

— A bas ! Brunswik ! A bas ! criait-elle en riant beaucoup, mais en rendant caresses pour caresses.

Brunswik venait en droite ligne de Bavière, et portait le nom de la ville où il était né ; son maître en laissait la libre propriété à Marguerite qui y tenait d'autant plus que la race poétique des lévriers commençait déjà à devenir fort rare.

A force de s'embrasser le chien et la jeune fille roulèrent sur la natte, où les poils roux de Brunswik, les cheveux rouges de Marguerite et la flamme d'or du foyer, harmonisaient leur demi-teinte sur le bleu sombre de la robe servant de fond, et faisaient gaiement rêver des pastels de Latour.

C'était sans doute ce que pensait un jeune homme de haute taille, large d'épaules et d'une physionomie expressive, arrêté souriant sur le seuil.

Il portait un costume de cheval souillé de pluie et de poussière, une barbe inculte, des cheveux châtains bouclés naturellement, sans poudre et dorés sur les tempes ; ses traits fortement accusés, ses grands yeux noirs un peu trop timides, et l'ensemble de sa personne, n'étaient peut-être pas des plus aristocratiques; mais il avait un de ces sourires hardis et si franchement bons qu'il valait à lui seul toutes les distinctions qui lui manquaient.

— Ah ! voilà Philippe !

— Bonjour, mon cher enfant !

— Votre serviteur, M. le chevalier !

Et le nouveau venu fut entouré, fêté comme l'enfant privilégié qui revient d'un long voyage, quoique en définitive il n'eût fait qu'une absence de deux jours.

— Eh ! bien, Philippe, quelles nouvelles ? dit le baron, tout en surveillant son damier du coin de l'œil.

— La campagne d'hiver est résolue, mon oncle; Moreau se prépare à marcher sur Vienne, Mac-Donald sur le Tyrol, et le général Brune sur.....

— C'est bon ! c'est bon, interrompit M. de l'Oseraie, d'un ton rogue ; je ne te demandais pas jusqu'où ce fou de *Buonaparte* veut nous conduire ; mais tu viens de Montpellier , je suppose..... Que t'ont dit les De Fresne ?

— Que le mariage de Mlle Eugénie est à peu près rompu, et qu'elle se disposerait, je crois, à entrer en religion.

— Eugénie, religieuse ? Oh ! pour cela c'est impossible ! s'écria Marguerite.

— Alors tu préfèrerais qu'elle épousât ce

d'Aunel? dit le baron, en levant les épaules.

— Mais oui, papa, puisqu'elle l'aime.

— Elle l'aime ! elle l'aime ! il n'y a plus d'enfants, ma parole ! elle l'aime ! un va-nu-pieds, qui n'a d'autre fortune que celle de son oncle.

— Mais puisque son oncle a deux millions et qu'il est son seul héritier?

— Un écervelé, un fou, qui a peut-être laissé une femme et des enfants en Amérique ou en Océanie ! Est-ce qu'on peut savoir ce qu'est un homme qui a voyagé pendant dix ans?

— Mais il me semble, mon père, que vous avez voyagé presque toute votre vie....

— Qu'est-ce à dire, Mademoiselle ? Et la table reçut une secousse qui fit tressauter le damier.

— Ces d'Aunel, reprit-il en s'échauffant de plus en plus, ont entièrement adopté les idées du jour, avec cela un blason d'emprunt, sans devise, sans ombre de cimier véritable... Petite noblesse.... mauvaise petite noblesse ! Et le baron plissa les coins de sa lèvre inférieure en signe de souverain mépris.

— Cependant, papa, hasarda Marguerite, malgré la toux de l'abbé Gervais et les signes réitérés de sa tante, Eugénie m'écrit que les d'Aunel sont d'assez vieille roche, mais que le caractère emporté de M. Armand..... Elle s'arrêta interdite devant le regard courroucé du baron.

— Eh bien ! Claudine, que pensez-vous de cela ?... Et depuis quand à l'Oseraie les petites filles s'avisent-elles d'avoir raison ?

Cela disait assez le rôle effacé que Marguerite jouait dans le salon et dans la bibliothèque de son père.

— Est-ce que vous savez seulement distinguer une dame d'un pion ? continua l'irascible vieillard, sans que la pauvre petite, les yeux baissés sur son métier, eût cette fois la moindre velléité de répondre.

— Vous sauriez peut-être bien offrir un bouquet de roses au premier consul, — que le diable l'emporte ! — s'il passait par l'Oseraie...., ou danser le menuet avec M. d'Annel le soir de ses noces... Ah ! vous êtes bouche close maintenant ?

— Mon Dieu ! papa, j'ai si grand'peur de vous fâcher....

— C'est cela ! dites plutôt que je suis grognon, colère, détestable..., que toutes les filles sont des martyres et tous les pères des tyrans ! Mais enfin ! es-tu bonne à quelque chose, toi ? ma pauvre Margot !... je te le demande ?

Sans attendre de réponse il détourna la tête et fixa un grand portrait perdu dans l'ombre du salon, mais que les lueurs du foyer et de la lampe éclairaient à demi. Il représentait une femme très-jeune, une petite tête brune et fière d'un type espagnol des plus prononcés.

— Prendrez-vous du thé, Hugues ? dit Mme du Garric qui avait vu la direction du regard.

Le baron ne parut pas l'entendre.

— Autrefois, murmura-t-il d'une voix tremblante et comme se parlant à lui-même, autrefois, c'était le bon temps !... je n'avais pas cette maudite goutte... je pouvais chasser, et *elle* me suivait partout, la chère fille ! tantôt à cheval, tantôt à pied... Elle n'avait peur de rien... Elle savait son *Ménestrier* sur le bout du doigt, et à nous deux nous avons fait les plus belles trouvailles qu'on puisse imaginer.... Te souviens-tu, Philippe, comme elle aimait la bibliothèque... elle y passait de longues heures... et tu sais si mes pièces les plus anciennes étaient religieusement nettoyées, et rangées dans leur écrin ?

Philippe inclina la tête sans répondre, il se sentait soudainement assombri, M. de l'Oseraie pleurait tout-à-fait.

— Ma pauvre enfant ! ma pauvre enfant !... ne cessait-il de soupirer avec des mots entrecoupés de petits gémissements et de hoquets de larmes. Cela dura quelques minutes.

— Ma pauvre enfant ! reprit-il en s'essuyant les yeux, elle n'eût pas aimé *M. de Buonaparte*, elle !

Il y eut un murmure de satisfaction.

— Et M. le curé n'aurait pas été obligé de venir tous les soirs perdre sa partie...

— Mlle Marguerite apprendra, s'empressa de répliquer l'abbé Gervais enchanté de ce retour de bonne humeur ; mais en attendant... si nous faisions la belle... Qu'en pensez-vous, mon cher baron ?

Le visage du vieux gentilhomme s'éclaira, et le damier fut repris de part et d'autre avec un nouvel entrain.

Cependant la gaîté n'était qu'extérieure ; un malaise indéfinissable régnait dans le grand salon de la *Tour neuve* ; on sentait qu'un souvenir lugubre venait d'être évoqué, et que chacun portait en soi la part trop lourde de ce souvenir.

Le regard de Philippe avait suivi le regard de son oncle et restait absorbé dans une contemplation vaguement douloureuse.

Marguerite tenait obstinément les yeux fixés sur son métier.

— Ne veux-tu pas prendre quelque chose, Philippe ? dit Mme du Garric qui avait hâte de rompre un silence de plus en plus pénible.

— Je te remercie, ma mère, j'ai dîné très-tard à Aigues-Mortes, chez les Rivès, mais si tu faisais passer le thé ?... On a toujours assez faim pour goûter aux brioches de Marianne.

Mme du Garric servit le thé, et le jeune homme rapprocha sa chaise du métier de Marguerite.

— Veux tu un peu de crême, ma chère ?
lui dit-il, en lui présentant une tasse pleine.

— Je te remercie, je ne veux rien du tout.

Elle leva sur lui des yeux humides de larmes qui n'osaient pas se faire jour.

Philippe posa vivement la tasse et se pencha sur le métier, de telle façon que ses lèvres
effleurèrent la main pâle et fluette de sa cousine.

— Tu as du chagrin, Mariquita ? lui dit-il
d'un ton très-doux.

Elle essaya de sourire, elle était vraiment
joyeuse quand on l'appelait ainsi, du nom
de sa mère.

— Tu es bon, toi ! Philippe ! dit-elle à voix
basse, mais tu n'y peux rien, ni tante Claudine
non plus, ni même M. le curé, quoique au
fond il soit bien plus souvent de mon avis
que de celui de papa..... Je suis très-peu intelligente, vois-tu ? Je ne puis pas apprendre à
jouer aux dames... J'ai toujours des distractions.... Je ne porte pas de calotte heureusement... sans cela elle aurait le même sort que
celle de M. le curé... Quant à l'histoire du blason, je n'ai jamais pu dépasser le premier
chapitre...

— Et ce qui est pis, ajouta gravement Philippe, c'est que tu lis le journal, et que tu ap-
plaudis à chaque victoire de Bonaparte.

— Surtout quand tu lis toi-même, j'aime
tout ce que tu me lis, tandis que je travaille...

Je comprends bien mieux, ajouta-t-elle naïvement.

— Alors tu comprends que je t'aime.....
quand je te le dis ?

Malgré le ton de suave tendresse, avec
lequel Philippe prononça ces paroles, son sourire ne laissa paraître que l'expression frater-
nelle de ces quelques mots. Le visage de Marguerite s'éclaira à l'insu d'elle-même, et Philippe en eut comme un éblouissement. Mais
leur pensée n'alla pas au-delà de leur situation présente ; l'un parce qu'il croyait ne pas
l'aimer assez..., et l'autre parce qu'elle ne
savait pas encore qu'elle l'aimait.

— Je n'ai jamais douté de ton amitié, mon
cher Philippe, lui dit-elle après un instant de
silence, et j'en suis d'autant plus touchée qu'à
part ta mère et Eugénie, personne ne m'aime;
je ne puis pas me faire illusion.

— Oh ! Mariquita !

— Vrai ! je ne puis pas me faire illusion...
Est-ce qu'il est difficile de comprendre que
mon père ne m'aime pas ?... qu'il ne peut se
consoler de me voir près de lui à la place
de...

— N'aie pas de ces idées-là, Marguerite !
interrompit le jeune homme brusquement, c'est
trop triste d'ailleurs.

— Oui, c'est triste..., c'est mortellement
triste !... Que penses-tu qu'elle soit devenue,
Philippe ?... Où est-elle morte ?... Je n'ai jamais

pu croire qu'elle ait péri quand on nous a in-
cendié l'Oseraie...

— Tant d'efforts..., tant de recherches...,
murmurait Philippe sans répondre directement
à sa cousine..., tant de larmes versées !... et
tout cela pour aboutir à... rien !

— A rien ! accentua comme un écho douloureux la voix de Marguerite.

III

BERTHA.

— Monsieur le chevalier est demandé dans
la salle basse !

En ouvrant les portes pour faire cette annonce le domestique avait laissé passer Brunswik qui aboyait avec une inquiétude mani-
feste.

— Qui peut te demander à cette heure ?
interrogea Mme du Garric.

— Quelqu'un de la ferme sans doute ; c'est
que nous commençons les soirées d'hiver, maman ; en réalité il n'est pas beaucoup plus de
neuf heures.

Et Philippe sortit.

Dans l'escalier il trouva le même domestique qui l'attendait en donnant les signes de
la plus vive agitation.

— M. le chevalier ne sait pas qui le demande.... en bas.... là, tout près de nous ? lui
dit-il avec effarement.

— Parbleu ! je n'ai pas la double vue ! (et le jeune homme se mit à rire) mais je vais le savoir, laisse-moi donc passer, Josce !

Le vieux Joscelyn, qu'on appelait *Josce* par abréviation, était depuis 40 ans au château de l'Oseraie, et avait pris à la longue certaines habitudes de familiarité que personne du reste ne songeait à lui contester.

— Jésus ! Dieu ! c'est une dame, monsieur ; (il regarda autour de lui, et se cramponna au bras de Philippe...) Une dame, reprit-il mystérieusement, qui ressemble à notre pauvre demoiselle, mais tellement qu'il faut que ça *soye* elle-même en personne !

— Qui ressemble, dis-tu, à qui?... à quoi?... balbutia le jeune homme un peu troublé; à ma cousine Marguerite ?

— Eh non ! monsieur ; à l'autre, vous savez bien ? à celle qu'on croit morte... et qui est quasiment ressuscitée ! Quand monsieur le chevalier est arrivé, il ne m'a pas donné le temps de lui narrer la chose. Donc nous l'avons vu tout d'un coup entrer dans la loge, pendant que nous nous chauffions, la Mion et moi ; et même qu'elle a eu une fameuse peur, la Mion ! Vous pouvez m'en croire....

Philippe ne songeait nullement à vérifier quel avait été le plus effrayé de Mion ou de Josce, il écoutait comme quelqu'un qui rêve.

— Laisse-moi donc passer ! murmura-t-il en essayant de dégager son bras.

Mais Josce reprenait son aplomb en jugeant de l'effet produit.

— Un moment, s'il vous plaît, monsieur ; il est nécessaire que je finisse. Donc quand je l'ai retrouvée ce soir, dans la cour, devant la porte d'entrée, j'ai pensé m'évanouir..., je me suis même signé trois fois.... le bon Dieu me pardonne ! la demoiselle a ri ! — Je crois véritablement qu'elle a ri... alors...

— Au fait ! au fait ! interrompit le jeune homme impatienté.

— Nous y voilà, monsieur... En fin de compte, je ne sais plus ce qu'elle m'a dit, mes oreilles tintaient et je voyais trouble. Elle a écrit quelque chose sur un papier, qu'elle m'a confié, monsieur, tout en me disant :

« Joscelyn, vous remettrez ceci à M. le Chevalier, mais vous lui direz avant à qui je ressemble, pour qu'il n'ait pas la même peur que vous. »

— Eh ! donne donc vite !

— Ma foi ! dit le vieux domestique en hésitant, je ne sais pas si je dois donner ça à Monsieur, en temps de guerre, vous savez ? faut se méfier des gens...

— Veux-tu bien déguerpir, mille tonnerres! s'écria Philippe, après avoir arraché le papier froissé des mains de Josce.

Ce dernier ne se le fit pas dire deux fois, mais se ravisant il se dissimula de son mieux dans la pénombre de l'escalier.

Sur la feuille blanche, il n'y avait que ce seul mot écrit au crayon :

« BERTHA. »

Le jeune homme s'appuya frissonnant sur la rampe de fer.

Dans la salle basse la voyageuse avait quitté son châle mouillé, et s'était assise près d'un feu de sarment dont la flamme illuminait son visage. Elle était brune, en vérité trop petite, mais admirablement proportionnée. Elle avait de grands yeux presque incolores, d'un vert très-pâle, avec de longs cils bruns qui les rendaient vagues et d'une irrésistible douceur quand ils étaient à demi fermés, mais qui ne leur ôtaient pas leur expression incisive et hautaine quand ils vous regardaient en face. L'épingle d'or qui rattachait ses cheveux noirs à la mode espagnole était tombée à ses pieds, et elle tordait devant le feu ses deux longues nattes humides de pluie.

Ainsi penchée elle avait un faux air de *lutin des bruyères* ou *de lavandière de nuit*, qui aurait certainement pu effrayer quelqu'un de plus courageux que le pauvre Josce.

Au fond il était impossible de nier que cette femme ne fût réellement belle.

Le bruit d'une respiration haletante la fit tressaillir. Comme les lourdes portes d'autrefois glissaient dans leur pêne sans grincer, la porte de la salle basse s'était ouverte et refermée sans qu'elle l'eût entendue.

A deux pas d'elle un homme tremblant et tout pâle lui tendait les bras.

— Philippe ! Philippe ! s'écria-t-elle.

Et d'un bond, se blottissant sur cette large poitrine qui battait à se briser, elle éclata en sanglots.

Lui, qui à 26 ans à peine avait déjà fait ses preuves parmi les volontaires de Condé, se sentait parfois dans sa robuste enveloppe une âme d'enfant. Il s'assit sur un banc de pierre adossé au mur; il était comme anéanti.

La jeune femme se calma plus vite, et droite devant lui, souriant à travers ses larmes, elle fixa sur le haut de sa nuque la masse de cheveux qui faisait ombre sur son visage.

— C'est bien moi, dit-elle, mon pauvre Philippe ! après 7 ans ! c'est effrayant, n'est-ce pas ? Josce m'a presque reconnue, il a failli en mourir de peur. Ils sont tous là-haut, je sais... Oh ! je voudrais les voir, tout de suite, je vous en prie, tout de suite !

Elle s'élança vers la porte mais un geste de Philippe, répondant à sa propre pensée, la retint :

— Je suis folle, dit-elle tout haut, il faudrait les prévenir, mais comment leur dire ?...

— C'est capable de tuer, une telle joie ! balbutia le jeune homme avec conviction.

Il se leva — ses jambes tremblaient — et alla mettre un verrou à la porte d'entrée. Cette mesure de précaution n'était pas tout-à-fait inutile, car il entendit qu'on remontait lestement l'escalier; Josce, profitant de ses droits d'ancien serviteur, était tout naturellement aux écoutes.

Philippe s'approcha du feu, il était encore très-pâle, et sa veste de cheval avait des soulèvements précipités. Il regardait la jeune femme avec un étonnement qui tenait à l'extase.

— Est-ce possible que ce soit vous, Bertha ? reprenait-il à chaque instant; est-ce possible ! est-ce possible ?

— Vous ne me tutoyez plus, mon cousin ? fit-elle tristement.

— Je ne peux pas... je n'oserais jamais... Mais cela reviendra, plus tard... quand je me serais habitué au bonheur de vous voir tous les jours, comme autrefois.

Elle détourna la tête.

— Il vaut mieux que cela ne revienne pas ! murmura-t-elle à voix basse et comme frappée d'une idée subite; puis elle ajouta vivement :

— Mon père n'a donc jamais reçu mes lettres ?

— Jamais. Il a fini par vous croire morte la nuit de l'incendie. Quand on a fait rebâtir, le peigne en écaille et le bracelet d'acier que vous portiez ce jour-là se sont retrouvés parmi les objets conservés sous les décombres ; mais ce n'eût été qu'une bien faible certitude, si avant nous ne vous avions cherchée partout, à l'étranger pendant l'émigration, et en France au retour ; nous nous rattachions aux moindres indices, à la plus fugitive espérance ; pouvions-nous penser que vous ne reviendriez plus ? Ah ! si j'avais été là quand vous êtes disparue, on m'aurait tué avant de pouvoir vous voler à moi.

La jeune femme frissonna involontairement et baissa son regard vers la terre.

— Si vous saviez comme je vous ai regrettée, continua Philippe, si vous saviez ?... (Il s'arrêta un instant, il pouvait à peine parler.) Et pendant que nous vous pleurions ainsi, reprit-il d'une voix plus basse, vous viviez sans doute bien loin de nous, sans songer peut-être à notre deuil si désespéré...

Il la regarda avec un sentiment de tendresse et d'angoisse inexprimable.

— Qu'étiez-vous devenue pendant ces longues années ? Mon Dieu ! Bertha, qu'étiez-vous devenue ?

— Je me suis sauvée toute seule, toute seule, reprit-elle avec précipitation et toujours sans le regarder ; quand nous avons vu venir ces groupes furieux de paysans armés, et pendant que notre projet de fuite commençait à s'exécuter, j'ai cru avoir le temps de cacher dans la citerne du bois d'olivier plusieurs objets précieux qui me venaient de ma mère et de ma tante d'Espars, des objets trop lourds et de trop grande valeur pour que je pusse les emporter avec moi.

— Mais comment n'aviez-vous pas enfermé tout cela dans un des coffres-forts que mon oncle avait fait déposer en lieu sûr, longtemps à l'avance?

— Mon Dieu! je n'y avais pas songé. J'étais très-préoccupée de Marguerite, de mon père, d'une foule de choses... Dans de tels moments on ne peut vraiment songer à tout... Je suis très imprudente, vous savez, je n'avais pas peur, et, comme il faisait nuit, enveloppée dans une mante de soie noire, j'ai pu aller jusqu'à la citerne; mais quand j'ai voulu revenir, le château était cerné; impossible de gagner la porte de sortie où les chevaux nous attendaient. Je me suis enfuie en pleurant. J'ai passé la nuit dans les bois;... sur la route de Lunel, une marchande de fruits m'a recueillie épuisée dans sa petite voiture... A Montpellier, j'ai réalisé en argent ce que j'avais conservé des bijoux de ma mère; j'avais heureusement sur moi un portefeuille de peu de valeur il est vrai, mais enfin, grâce à ces ressources, j'ai pu me sauver en Espagne. La famille d'Espars y était depuis longtemps éteinte, il ne nous restait plus qu'une cousine au quatrième degré, une pauvre vieille infirme, qui est morte quelques

jours après mon arrivée chez elle. Désespérée,
n'ayant aucune réponse à mes lettres, et ne
sachant plus où vous vous étiez tous réfugiés,
je suis entrée comme novice au couvent de
l'Annonciade, à Madrid.

— Mais nous vous y avons cherché! dit vivement Philippe; nous avons fait faire des per-
quisitions dans tous les couvents d'Europe.

Bertha hésita un instant.

— J'y suis si peu restée! reprit-elle avec
une soudaine indifférence. D'ailleurs j'avais
changé de nom. Espérant que peut-être mon
père aurait émigré en Amérique, où ma tante
Claudine a encore des parents, j'ai obtenu
d'être envoyée à San Francisco qui possède un
couvent de notre ordre. Mais je ne faisais que
des vœux annuels, j'espérais toujours revenir
à l'Oseraie, y revivre de mes jours d'autrefois, ou dire un dernier adieu à ses ruines!...
En Amérique, je n'ai pas eu plus de nouvelles
qu'en Espagne.

— Je crois bien! ils étaient tous les trois en
Italie, à Naples, où je suis allé les rejoindre.

— Ce qui est très-clair, Philippe, c'est que
mes lettres se sont perdues; et que, découragée
infiniment, je n'ai plus écrit... J'ai souffert,
beaucoup souffert..., plus que je ne puis le
dire, et que vous ne sauriez le penser, mon
cousin... Cela a duré jusqu'au jour où, à force
de temps et de patience, j'ai pu me sauver,
c'est le mot, et m'embarquer pour la France.

Vous l'avouerai-je, j'ai éprouvé une amère joie à la pensée de revenir à mon foyer comme une étrangère, sans être reconnue trop tôt; afin de goûter à chaque pas de mon voyage ces émotions du retour, que l'étrange et l'inattendu allaient rendre encore plus poignantes...

Elle s'arrêta, mais Philippe gardait le silence. La tête penchée sur sa poitrine il semblait obsédé d'une préoccupation pénible.

Elle le regarda longuement.

— Vous pensez, lui dit-elle, avec un sourire un peu contraint, que je suis toujours la petite fille romanesque et aventureuse d'autrefois? Et je vais avoir vingt-neuf ans ! Vingt-neuf ans..., déjà..., comme tout passe !... Cependant, j'ai trouvé le temps bien long, Philippe !

Il y avait dans ces derniers mots une contradiction intimement douloureuse. Le jeune homme le sentit, et il eût voulu lui dire quelque chose de consolant, de plus doux que tout le reste; mais il ne put que relever vers elle un front chargé d'inquiétude, peut-être de blâme. Philippe avait une de ces physionomies brutalement franches, où les impressions les plus inconscientes se lisaient. A son insu, son visage exprimait le doute, ce doute cruel et insaisissable que de part et d'autre on n'ose s'avouer.

— Je crois que vous avez souffert, Bertha, lui dit-il presque sévèrement ; mais au moins me direz vous quelles ont été ces souffrances ?

Je mérite de le savoir, pour tous les regrets navrants que j'ai donnés à votre souvenir : quelle a été votre vie pendant ces sept années?... Dites-moi que je le saurai... dites-le moi, je vous en prie !...

La jeune femme eut un imperceptible froncement de sourcil, qu'elle réprima aussitôt.

— Je n'ai de secrets pour personne, et encore moins pour vous, mon cousin, lui dit-elle d'une voix douce. Mais le regard aigu et froid, qui s'échappa de ses yeux pâles, était loin de présager un avenir de confidences.

Philippe soupira, mais n'insista point.

— Avez-vous des bagages, ma cousine ? dit-il en se levant.

— J'ai laissé une valise, à Aigues-Mortes, chez Claude Pial, le batelier, je l'enverrai chercher demain matin; mais mon père, Philippe ? et Marguerite ? Il vous faudrait remonter, et essayer de les préparer... Je vais vous attendre ici.

Au même moment un bruit de voix et de pas précipités se fit entendre ; les portes s'ouvraient et se refermaient avec fracas ; les domestiques s'appelaient de tous côtés; il y avait dans le château un véritable tumulte, qui se rapprochait de plus en plus.

— Ils viennent ! oui, les voilà qui viennent! s'écria Philippe ; Joscelyn aura tout raconté, que faire ? Mon Dieu, que faire ?

— Ouvrir ! dit violemment Bertha. Ils sont là, et je veux les voir....

Mais elle eut peur, et se couvrit le visage de son châle. Le verrou fut retiré, la porte massive roula sur ses gonds, et un flot de lumière inonda les voûtes :

Le baron Hugues de l'Oseraie, soutenu par Marguerite et Mme du Garric, s'arrêta, chancelant, sur le seuil.

. . . .

Les émotions de ce retour inespéré furent si vives et si bruyantes, que Bertha, déjà souffrante de sa course à travers la pluie et le froid du soir, fut prise le lendemain d'une fièvre nerveuse, qui ne céda, après quinze jours, qu'aux soins idolâtres dont elle fut l'objet.

Quant au baron Hugues, il supporta victorieusement cette seconde crise. Sa fille aînée était, nous l'avons dit, la grande passion de sa vie ; sans elle, il était devenu vieillard avant l'âge ; avec elle il retrouva une nouvelle jeunesse. Il allait et venait de la bibliothèque au salon, de la ville à la campagne, avec des bouillonnements juvéniles et des sourires de vingt ans.

Dès que le bruit de l'étrange résurrection de Bertha se fut répandu, les visiteurs affluèrent à la *tour neuve*. C'était à qui viendrait juger, de ses propres yeux, d'une si curieuse aventure.

A Montpellier, les salons les plus en vogue n'eurent pas, un mois durant, d'autre sujet de conversation. A peine prenait-on le temps de se dire bonjour.

— Vous savez, disait l'une de ces dames, la grande nouvelle ?

— Quoi donc, ma chère ? répondait l'autre qui connaissait l'histoire sur le bout du doigt.

—. Mlle de l'Oseraie, vous souvenez-vous ? celle qui était morte ?

— Et qui est ressuscitée, allons donc ! est-ce que vous croyez à ce conte bleu, vous?

— Mais certainement ! Mon mari l'a vue hier, sur l'Esplanade, en calèche découverte, avec ce petit Philippe.

— Petit ? mais c'est un hercule, il me semble.

— C'est suivant les goûts ; on dit qu'il va l'épouser, bien qu'il ait à peine vingt-cinq ans, et elle un peu plus de trente.

— Mais c'est une vraie ballade que vous nous chantez là !

— Ajoutez à la clef huit ou dix ans d'un couvent espagnol dont on n'a jamais entendu parler, et vous aurez la romance complète.

— Huit ou dix ans, ma chère? mais c'est on ne peut plus louche ! Et il épouse, dites-vous ?

— Il épouse !

— Mais c'est de la folie !

— Dame ! je ne dis pas le contraire.

Et les deux bonnes langues d'aller leur train.

Cela dura le temps que durent les commérages ; on en parla beaucoup dans la première quinzaine du mois, un peu moins dans la seconde, et le mois suivant il n'en fut plus question.

Quant à Marguerite, son rôle à l'Oseraie devint un peu plus effacé qu'auparavant. Bertha avait pour sa sœur une tendresse brusque et passionnée, mais elle la traitait toujours en *baby*, et du haut de ses onze années de droits d'aînesse ; elle n'avait pas voulu partager son appartement, et s'était installée, malgré les prières du baron, dans une assez laide chambre, ouverte sur les murs lézardés du *Vieux Château*, mais égayée par l'admirable coup d'œil que nous connaissons.

Marguerite avait donc conservé sa chambre de jeune fille, en cotonnade blanche et bleue, une chambre toute souriante comme elle. Chaque soir, avant de s'endormir, elle écrivait, dans un mignon petit livre à fermoir, le compte-rendu des événements de la journée et de ses pensées intimes.

Les quelques pages que le temps a épargnées sont bien peu de chose, mais groupées minutieusement et soudées l'une à l'autre, en dépit des lacunes, elles peuvent jeter quelque clarté sur ce récit.

IV

... *Décembre* 1801. — Ce matin, M. le curé a commencé une neuvaine d'actions de grâces pour remercier Dieu du retour inespéré de Bertha. Je suis allée au Garric, dans cette chère petite église où l'on est si bien quand on veut prier.

Pourquoi n'y est-elle pas venue aussi ? Elle se ressent encore de sa fièvre sans doute ; au fond je la voudrais plus fervente ; ces nombreuses pratiques du couvent ont l'air de l'avoir lassée ; est-ce sa faute ? elle avait si peu, si peu de vocation...

Pauvre Bertha ! elle n'aime pas qu'on lui parle de ce temps passé, et nous n'en causons jamais. Philippe est le seul qui y fasse quelquefois allusion, alors elle le regarde avec des yeux !... Ils font peur, ces yeux-là, à force d'être beaux !...

Avec ma sœur, la joie est rentrée au foyer, notre vie n'a plus ces alternatives de gaîté passagère et de monotone tristesse. Papa ne me gronde plus, il ne fait même aucune attention à moi.

Qu'importe, puisqu'il est heureux ! Il a rajeuni. D'ailleurs, je suis si peu de chose...; elle c'est le mouvement, l'intelligence, la bonté ; avec cela si belle, que je n'ai vu au monde aucune femme qui puisse lui être comparée.

Tante Claudine dit qu'elle est capricieuse, et trop petite. Mais Philippe se fâche, et il a raison. Moi qui suis grande et douce, à ce que l'on dit, je ne suis utile à personne ; on m'oublie et on fait bien.

Cependant, fait-on bien de m'oublier ?...

Quelquefois, je m'imagine que Brunswik est le seul être qui m'aime. C'est depuis ces longues soirées d'hiver que je m'en aperçois davantage; pendant que M. le curé cause avec ma tante du Garric, que Bertha joue aux dames avec papa et que Philippe la conseille, car elle a un peu oublié, pensez donc, depuis sept ans! Et Philippe, qui détestait ce jeu, s'y passionne maintenant... Comme tout change!... Est-ce que les affections changent aussi? Moi, je ne sais pas, il me semble que j'aimerais éternellement les mêmes personnes, celles que j'aime avec tout mon cœur, par exemple, et non comme j'aime les indifférents.

Enfin, nous sommes très-heureux.

Cependant.... j'ai des heures tristes quelquefois, le soir, pendant qu'on joue comme je viens de l'écrire; alors je quitte mon métier, et nous nous asseyons sur la natte, Brunswik et moi, et nous rêvons longtemps... longtemps... en regardant mourir les petites étincelles, qui s'envolent, l'une après l'autre, des bûches du foyer. A chaque fétu de feu, qui disparaît ainsi, je me dis : C'est la pauvre bûche qui, en se consumant rejette dans l'air les parcelles de vie qui sont encore en elle, puis elle devient charbon et meurt tout à fait. Il me semble que tout ce qui a vie dans la nature doit souffrir, et tout ce qui souffre me fait grande pitié. Si seulement je pouvais donner chaque étincelle de ma vie, c'est-à-dire chaque pensée, chaque jouissance, chaque sacrifice, pour le bonheur de quelqu'un que j'aimerais de toute mon âme! Comme la pauvre bûche qui fait passer sa vie dans notre sang, et qui meurt après nous avoir réchauffés....

L'autre soir, tout en causant avec mon feu, j'avais appuyé mes coudes sur mes genoux, et je me voilais la figure de mes deux mains, pour mieux être avec mes pensées.

Mais Brunswik n'aime pas cela, il aime que je rêve avec lui, et il a compris que je pleurais, ce bon chien! Il s'est levé brusquement, a regardé autour de lui et s'est mis à gratter le bas de ma robe avec sa patte pour me faire changer de position, et cela en gémissant si fort que tout le monde a cru qu'il était malade. Mon pauvre Brunswik, que dis-tu de moi à ton maître quand vous montez tous les deux du Garric à la *Tour neuve?*...

J'ai presque envie de déchirer ce que je viens d'écrire. Si Philippe lisait cette page, ne se moquerait-il pas à bon droit de ma bûche,

de mon chien, et de moi par-dessus le marché?
Oh! de moi, cependant... je crois que cela
me ferait un bien grand chagrin!...

Pour dire un dernier mot sur Brunswik, je
constate avec peine qu'il ne s'accoutume pas
du tout à Bertha; il ne lui fait jamais de fête;
il la regarde encore comme une étrangère, malgré les efforts et les menaces de Philippe pour
le rendre aimable.

Ce matin il l'a battu parce que ce pauvre
chien ne voulait pas donner la patte à ma
sœur comme il la donne aux autres. C'était
fort laid, j'en conviens; mais Brunswik est à
moi puisque Philippe me l'a cédé, et je n'entends pas qu'il le frappe pour si peu... Cela, je
ne le veux pas.

Seconde semaine de décembre. — Il me semble m'apercevoir que tante Claudine devient
un peu froide pour ma sœur et qu'elle me caresse davantage. Pourquoi? Je ne mérite pas
de préférence cependant! Mais d'où vient
qu'elle si bonne avec tous ceux qui savent la
connaître, est presque sévère pour Bertha, et
cela sans raison aucune? D'où vient qu'elles
causent peu ensemble, et que ma tante la regarde parfois avec une fixité qui déconcerte-
rait tout autre que ma sœur?

Mais Bertha n'est pas timide; elle ne l'est avec
personne, bien qu'elle soit un peu sauvage, et
qu'elle ne veuille presque jamais descendre au
salon quand il vient du monde, surtout quand

l'élément masculin domine; elle n'y paraît
alors que peu de temps et avec une extrême
répugnance. En fait d'hommes, il n'y a guère
que Philippe qu'elle semblerait aimer, et encore
pas tous les jours.

Il est bien heureux, Philippe! Tout le monde
l'aime!... Il a prêté Cadi à Bertha, qui le monte très-souvent, elle n'a peur de rien; il me
semble que je ne pourrais jamais être coura-
geuse et hardie comme elle.

.... Hier, nous sommes allées à la rencontre
de Philippe, qui revenait de la chasse. Une
perdrix s'est levée près de nous, il l'a blessée,
et la pauvre bête essayait encore de se cacher
dans les herbes.

— Retenez les chiens! s'est écriée Bertha;
puis, d'un bond, elle a saisi l'oiseau, et a soulevé sans beaucoup de précaution, je dois le
dire, son aile cassée.

— Elle a une affreuse blessure, a-t-elle
ajouté, il est inutile de la laisser souffrir davantage!

Avisant alors une grosse pierre au milieu
du sentier, elle a pris la perdrix par les pattes,
et l'y a jetée deux fois, de toute la force de
son petit bras nerveux. Puis elle l'a fait sau-
ter en l'air, l'a reçue comme une balle et l'a
rapportée à Philippe qui, au lieu de la mettre
dans son carnier, l'a donnée à la petite fille du
garde, accourue au bruit de la détonation.

Ma sœur le regardait faire interdite.

— Vous auriez dû me laisser l'achever moi-même, lui a-t-il dit d'un air mécontent; je n'aime pas à vous voir faire de pareilles exécutions.

— Dites plutôt, a riposté Bertha en éclatant d'un rire un peu forcé, que vous aimeriez mieux me voir pleurer comme Marguerite, devant un spectacle si touchant; ou encore, composer une complainte en beaux alexandrins, sur la mort de l'innocente petite bête que vous avez gratifiée d'un fort joli coup de fusil, ma parole !

— J'aimerais, a répondu lentement Philippe, qu'une jeune fille, restée sept ans au fond d'un cloître, ne dise d'abord, ni *ma parole*, ni *parbleu*, comme cela vous arrive quelquefois; en second lieu, qu'elle ne sache pas qu'on assomme le gibier quand il est blessé, et ne s'expose pas en le faisant elle-même, à montrer le manque de sensibilité dont vous venez de faire preuve, et les taches rouges qui salissent vos mains. Racontez donc ce bel exploit à cette bonne supérieure de l'Annonciade quand vous lui écrirez, car vous lui écrivez bien, je suppose ?

Ah ! certes... Bertha n'a pas mauvais cœur. Au lieu de répliquer vertement comme elle en a l'habitude quand on la contrarie, elle a paru si effrayée... si effrayée, et si triste, que j'ai vite couru l'embrasser, tandis que Philippe, un peu honteux, allait remplir d'eau la sé-

bille en caoutchouc qu'il porte ordinairement
à la chasse.

Mais elle est très-fière, ma sœur; elle a
repoussé le bras de Philippe et l'eau nous a
rejailli au visage.

— Quand j'écrirai à la supérieure de l'Annonciade, lui a-t-elle dit en le regardant avec
cette fixité étrange que prend son regard chaque fois qu'une impression la domine, — ce
sera peut-être pour lui annoncer mon retour.

Et, sans attendre de réponse, elle est allée
elle-même laver ses mains dans le ruisseau.

Jamais je n'ai vu Philippe aussi triste que
hier au soir.

Certainement, Bertha voulait plaisanter et
nous faire peur, elle n'est déjà plus fâchée et
nous regarde avec ses yeux doux que j'aime...
quand ils sont doux, cependant...

V

OU IL EST QUESTION D'UN BOUT DE CRAVACHE

Un matin, tandis que Marguerite relisait
dans son petit livre à fermoirs ses réflexions
de la veille, Bertha, en costume d'amazone,
entra en courant dans sa chambre.

— Je t'apporte une lettre, dit-elle tout es-
soufflée; j'ai rencontré le facteur en route.

Bertha était souvent à cheval à l'heure où
passait le facteur.

Elle ouvrit l'aumônière en velours grenat qui ne la quittait presque jamais et y prit une lettre qu'elle tendit à Marguerite.

— Mais elle est à ton adresse ! dit celle-ci étonnée.

— Ah ! c'est vrai ! j'avais confondu ! c'est une lettre d'Espagne sans doute.

Et négligeamment elle la remit dans son sac,

— Voici la tienne, elle vient de Montpellier. je crois.

— C'est d'Eugénie, ma chère ! s'écria Marguerite toute joyeuse.

— Mlle de Fresne, n'est-ce pas ? celle qui me ressemble tant ?

— Oui, d'une manière frappante, et c'est surtout pour cette ressemblance que je l'aime. Mais vous différez par les yeux, sauf le regard qui est à peu près le même. Elle les a d'un brun très foncé, tandis que les tiens sont vert clair, une bien plus jolie nuance.

— C'est suivant les goûts. Est-elle aussi petite que moi ?

— Un peu moins peut-être. Je n'avais que dix ans, tu sais ? quand on nous a brûlé l'Oseraie, et que nous avons été si fatalement séparées... Les de Fresne se sont sauvés d'Avignon lors des massacres, et ont émigré comme nous en Italie. La première fois que j'ai rencontré Eugénie dans l'église de St-Janvier à Naples, j'ai cru que c'était ton ombre vivante, et je l'ai aimée tout de suite. Papa avait

connu Madame de Fresne autrefois à la Cour
alors qu'elle était Mademoiselle de Croix-Bucy.
Se retrouver dans l'exil est toujours une consolation, aussi nous étions-nous intimement
liés. Eugénie a cinq ans de plus que moi, elle
est jolie, on ne peut le nier, mais tu es infiniment plus belle, vois-tu !

— Flatteuse ! fit Bertha avec le sourire
doux et triste qu'elle avait par moment. Et
que t'annonce-t-on dans cette longue lettre;
n'y avait-il pas, ce me semble, un mariage sous
roche ?

— Mon Dieu oui ! répondit Marguerite en
reprenant sa lecture ; un mariage tantôt rompu, tantôt renoué... Ah ! renoué pour tout de
bon, paraît-il...

— Eh bien ! te voilà contente ! Qui donc
épouse-t-elle, ton amie ?

— Un certain monsieur d'Aunel que je ne
connais guère que par les lettres d'Eugénie.

Bertha qui s'était levée pour sortir se rassit
de nouveau.

Si Marguerite n'eût pas été si absorbée, elle
aurait pu voir sur le visage de sa sœur, une
rougeur fugitive, un léger tremblement de lèvres, enfin comme l'ombre d'une préoccupation subite et douloureuse, aussitôt maîtrisée
qu'apparue.

— D'Aunel ? fit-elle avec indifférence,
qu'est-ce que ce d'Aunel, je te prie ?

— Armand d'Aunel, tout simplement, avo-

cat à Montpellier. Papa dit que c'est une très-
petite noblesse.

— Ah ! vraiment ?....

Et Bertha se mit à rire en tordant entre ses
doigts le bout mince de sa cravache à pomme
d'argent.

— Ils s'annoncent pour mardi, continua
Marguerite; Eugénie tient beaucoup à nous
présenter M. Armand.

— Mardi ? mais c'est après-demain ! .....

Et le bout de cravache fut véritablement
mutilé.

— Ah ! mon Dieu ! cette pauvre cravache...
comme tu la traites, ma chère ! Quand je
songe que Philippe te l'a donnée il y a huit
jours à peine.

— Il y en a six, tout au plus ..., dit Bertha
avec ce petit rire sec et nerveux qui lui était
habituel .... Tu me disais donc, ajouta-t-elle
en s'étendant nonchalamment sur la causeuse,
que ce M. d'Aunel faisait une cour très-assidue
à Mlle Eugénie.... Il y va tous les soirs, je
suppose?

— Mais certainement ; ils sont du reste
assez près les uns des autres.

— Ah ! .... Et où logent les de Fresne ?

— Tout près de la cathédrale.

— Et M. d'Aunel ?

— Sur la place du Peyron .... Viens-tu annoncer cette nouvelle à papa ? ajouta gaiement
Marguerite.

— Non ! je suis très-lasse. Nous avons fait plusieurs kilomètres sur la plage avec Cadi, un vent de mer, très-froid, me cinglait le visage; j'ai galoppé pour me réchauffer, et maintenant j'ai la migraine.

— Appuie ta tête sur le coussin, dit la jeune fille avec sollicitude. Bien !... allonge-toi, tout-à-fait.... Je vais fermer les rideaux pour que tu n'aies pas trop de jour.

Puis elle se pencha sur le front qui s'inclinait sous la caresse de ses mains, le baisa tendrement, et s'éloigna sur la pointe des pieds.

A peine eut-elle disparue que Bertha se leva brusquement et, s'asseyant devant un petit bahut en vieux bois ouvragé, se mit à écrire quelques lignes, rapidement et d'une écriture autre que la sienne. Au moment de cacheter elle eut une minute d'hésitation.

-- A quoi bon lutter ? murmura-t-elle avec accablement ; à quoi bon ?...

Baissant la tête, elle appuya son front sur l'abattant du bureau, et resta plongée dans une sorte de rêverie douloureuse. Puis les larmes vinrent, elle les laissa tomber lourdes et vives jusqu'à l'heure où de légers pas se firent entendre dans la galerie. Alors elle se redressa et, se hâtant de plier sa lettre, elle sortit par une porte opposée à celle qu'ouvrait Marguerite.

— Je suis mieux, lui cria-t-elle de loin ; je vais me promener jusqu'au Garric... A bientôt !...

VI

UN COIN DU VOILE.

Il y avait ce jour-là nombreuse réunion au château de l'Oseraie, on n'attendait plus que le petit monde accoutumé du Garric, et quelques amis d'Aigues-Mortes.

La famille de Fresne était déjà installée autour de la haute cheminée, et causait avec animation. Bertha s'était montrée peu empressée ; il n'avait fallu rien moins que deux sommations paternelles pour la décider à descendre au salon.

Elle s'était cependant occupée de sa toilette, mais par une fantaisie inexplicable chez une personne de son caractère, elle avait remplacé le costume sombre et flottant, qu'elle portait chaque jour, même devant les étrangers, par une robe en flanelle blanche, semée de pois roses, très-ornementée, une robe à taille courte et à manches à sabots.

Ses longues tresses étaient relevées en nœud sur le haut de la tête tandis qu'une masse de petits cheveux follets semblaient boucler naturellement sur le front. Elle avait du corail rose au cou, aux bras et dans les cheveux.

Ce changement de décor la rendait presque méconnaissable, elle était peut-être moins belle, mais à coup sûr infiniment plus gracieuse et plus jeune.

A son entrée, il y eut comme un murmure étouffé d'admiration.

Le baron Hugues sourit orgueilleusement.

—Enfin ! c'est ma petite fille d'autrefois, que je retrouve ! lui dit-il à demi-voix en lui prenant la main pour la présenter.

A voir Mlle de l'Oseraie dans un salon, personne n'eût voulu croire qu'elle eût passé dans un cloître les plus belles années de sa jeunesse; elle avait ce jargon maniéré et facile, cette aisance à la fois hardie et languissante, qu'une « merveilleuse » de grande ville n'eût certes pas désavoués.

Après quelques phrases de bienvenue, accompagnées de révérences très à la mode, et tandis qu'elle se dirigeait à l'autre extrémité de la salle, vers le groupe où les deux jeunes filles l'attendaient en lui souriant, M. de Fresne, un de ces bons types de gentilshommes campagnards, hauts en couleur et menacés d'un embonpoint des plus incommodes, se pencha sur le dos du fauteuil où madame de Fresne se pelotonnait avec une grâce toute pleine de jolis mouvements coquets et surannés.

La *marquise* de Fresne tenait amoureusement à son titre, bien que les parchémins n'en fussent plus très-en règle. Elle voulait être marquise comme elle voulait paraître vingt ans de moins, à force de petits artifices dont son cabinet de toilette nous eût dit le secret.

— Une jolie fille, par ma foi ! ne trouvez-

vous pas, ma bonne ? Et l'excellent homme ar-
bora sur ses yeux ronds de superbes lunettes
d'or.

— Une naine, vous voulez dire ? répliqua
aigrement madame de Fresne.

— Mais non, ma bonne, regardez-la donc ?
Elle est admirablement faite, et quels yeux !...
C'est tout le portrait d'Eugénie.

— Eugénie est plus grande et beaucoup
plus jolie.

— Je ne dis pas, mais.....

— Mais vous m'impatientez, à la fin,.. Ah !
baron, ajouta-t-elle en voyant M. de l'Oseraie
s'avancer de son côté, vous êtes un heureux
père ! elle est tout simplement délicieuse, votre
Bertha !...

Eugénie de Fresne avait en effet, sauf les
yeux, une étonnante ressemblance avec Bertha de l'Oseraie ; avec moins d'étrangeté dans
le regard et de beauté visible dans les traits,
elle avait dans sa physionomie quelque chose
de plus doux, de plus recueilli, de moins
heurté ; quelque chose, comme Marguerite,
d'harmonieusement candide ; quoique à vrai
dire il y eût dans son regard beaucoup moins
de naïveté et l'indice d'une volonté plus
ferme.

— Permettez-moi de vous présenter mon
fiancé, M. Armand d'Aunel, dit Eugénie à
Bertha, en lui désignant un jeune homme
blond, d'assez jolie tournure, qui s'était tenu

jusque-là immobile et silencieux dans l'embrasure d'une croisée.

En s'entendant nommer il tressaillit et salua très-bas en souriant, mais son visage était devenu subitement pâle.

— Je crois avoir rencontré M. d'Aunel en voyage ? dit Bertha, dont la voix tremblait légèrement.

Le jeune homme s'inclina de nouveau et parut encore plus troublé.

— A Marseille, n'est-ce pas ? reprit-elle avec une certaine insistance.

— En effet... je crois... dans le bureau des messageries, il me semble...

— Comment ? est-ce que vous n'en êtes pas sûr ? dit sèchement Eugénie.

— Parfaitement sûr, mademoiselle ! répondit M. Armand que cette petite apostrophe sembla remettre de son trouble. Il releva la tête et son regard se croisa avec le regard fixe et aigu de Bertha.

— Mlle de l'Oseraie ne savait pas que je suis myope, ajouta-t-il en riant franchement.

Si le fiancé d'Eugénie de Fresne était myope, cela ne nuisait en rien à sa bonne mine, car il était aussi fort distingué. Homme de salon avant tout, gracieux de manières et causeur agréable. on le recherchait beaucoup dans le monde où il dansait bien et racontait spirituellement ses voyages. Un observateur attentif aurait bien pu remarquer qu'il se répétait un peu, que ses aventures étaient trop... étonnantes pour être d'une rigoureuse exactitude et qu'il était dans bien des circonstances beaucoup moins sérieux que son air.

Mais il avait une de ces figures chaudes et poétiques, que donne quelquefois le soleil méridional, et qui s'imposent d'elles-mêmes sans qu'on puisse se l'expliquer autrement que par ce besoin inhérent à certaines imaginations féminines d'idéaliser toujours tout ce qui n'est pas absolument vulgaire.

Sous ce vernis de salon, M. d'Aunel cachait d'excellentes qualités doublées malheureusement d'une dose de vanité remarquable et d'un caractère passionné, faible et irréfléchi.

Eugénie, avec le tact exquis de la femme intelligente, devinait de jour en jour ce manque de supériorité, et avait essayé à plusieurs reprises de rompre un engagement dans lequel elle ne voyait pas d'assez grandes chances de bonheur. Par une coïncidence singulière, cette irrésolution était partagée par M. d'Aunel lui-même, qui, à la moindre querelle insignifiante, sur un chiffon, une opinion contraire, un rien servant de prétexte, cessait brusquement ses visites, pour ne revenir que plusieurs jours après, honteux de ses violences mesquines et de ses caprices blessants.

La pauvre Eugénie s'armait alors d'une fermeté glacée, mais on priait, on suppliait, on pleurait même, on était l'homme le plus mal-

heureux de France et de Navarre ; le moyen,
n'est-ce pas, de résister à cette éloquence méridionale, qui faisait tout le charme de M.
d'Aunel !

Eugénie écoutait d'abord en détournant la
tête, puis elle souriait, et à la fin du discours,
M. Armand était immanquablement pardonné, parce qu'il était peut-être souveraine-
ment aimé, ce qui dans bien des vies est le secret de bien des pardons.

Le baron Hugues avait saisi au vol le trouble du jeune homme et l'avait mis complai-
samment sur le compte de l'impression irrésistible que sa fille aînée produisait sur les
cœurs ; dès ce moment, le fiancé de Mlle de
Fresne ne lui parut plus d'aussi petite noblesse que par le passé.

— Que racontez-vous à ces demoiselles,
mon cher Monsieur ? lui demanda-t-il en le
voyant causer avec une sorte d'entrain fébrile
au milieu des trois jeunes filles.

— Je contais, Monsieur le baron, par quel
heureux hasard, j'avais eu le bonheur de ren-
contrer Mlle *Berthe*, il y a un mois, dans la
cour des messageries à Marseille, puis dans le
coupé de la diligence de Nîmes à Montpellier.

— Ah ! mignonne ! tu ne m'avais pas dit
cela ?

Et M. de l'Oseraie regarda finement Mme
de Fresne qui contempla d'un air vague les
rosaces du plafond.

— Cela me rappelle, ajouta-t-il en s'installant sur un voltaire en face de l'aimable marquise et en appuyant son menton sur la pomme d'or de sa canne, — cela me rappelle une anecdote de voyage assez originale. J'étais alors dans les dragons du roi, et après une permission de six semaines, je courais de nouveau sur la route de Paris, au trot des cinq chevaux de la patache, lorsqu'à l'avant-dernier relai, je vis sortir d'une auberge solitaire cachée dans les arbres, une jeune dame voilée. Immédiatement je.....

Madame de Fresne laissa tomber son mouchoir.

— Je vous en prie, baron ! dit-elle, tandis qu'il se baissait pour le ramasser.

— Soyez donc en paix, marquise, je ne nomme personne...

— Et immédiatement vous descendîtes de voiture, je suppose?... s'écria M. de Fresne, en se frottant les mains. Mon Dieu! Palmyre, vous ne pouvez rester en place; est-ce que vous avez vos suffocations ?

Madame de Fresne s'était levée, et s'éventait avec son mouchoir.

— Non, mais je pense que nous ferions mieux de remettre l'histoire à tantôt. J'ai peur que notre cher hôte oublie de nous faire visiter son *vieux château*, et attendre plus tard, ce serait s'exposer à s'y geler vif. Qu'en pensez vous, baron ?

— Je suis à vos ordres, belle dame, fit M. de l'Oseraie avec un salut de cour.

Et l'instant d'après toute la société descendait le grand escalier, Mme de Fresne en tête, la main délicatement appuyée sur le bras du baron, qui songeait, à part lui, que ces jolis doigts, tout chargés de bagues, avaient considérablement grossi depuis 30 ans.

Dans les cheminées du vieux château, pas entièrement détruites, les domestiques avaient allumé des feux de bois sec qui depuis le matin réchauffaient peu à peu l'atmosphère glacée des salles. En chemin on rencontra le docteur Rivès, d'Aigues-Mortes, et ses deux fils ; de bons voisins que M. de l'Oseraie aimait beaucoup.

Les groupes se formèrent, les gens sérieux et... polis... entourèrent le baron qui, dans chaque pièce, avait un nombre infini de faits historiques et de souvenirs d'aïeux à raconter. Eugénie et Marguerite marchaient devant, serrées l'une contre l'autre, échangeant autant de baisers que de confidences. Bertha suivait très en arrière, et M. d'Aunel semblait absorbé dans la contemplation de chaque saillie de mur qui gardait encore quelque vestige d'architecture ou quelque trace de vieux décor.

Au bout de la galerie était l'ancienne bibliothèque ; M. de l'Oseraie s'y trouvait déjà, et grâce aux souvenirs dont cette pièce était le centre, ses auditeurs ne manqueraient pas d'y

séjourner longtemps. Ainsi pensait Bertha·
arrêtée devant un énorme pilier dans lequel
était creusée une niche ornée d'une assez laide
statue. Quand tout le monde fut passé, elle regarda autour d'elle.

M. d'Aunel la rejoignit aussitôt.

— Vous avez là une bacchante rococo d'un
fort joli style ! lui dit-il à voix haute, tout en
se baissant comme pour examiner la statue de
plus près, mais en réalité pour saisir la main
qu'elle lui tendait et la porter de force à ses
lèvres.

Mais elle la retira vivement.

— Pardon... il me semble que je rêve ! murmura-t-il. Comment ? c'est vous que je retrouve ?.... et vous êtes Berthe ?... Berthe de
l'Oseraie ?

— C'est étrange, n'est-ce pas ?

Elle sourit non sans un peu d'amertume.

—Ici je m'appelle Bertha, ne l'oubliez
plus....

— Mon Dieu !... c'est à peine croyable....
Vous, Mlle de l'Oseraie !... Quand je songe à
ce triste jour où ...

Il s'arrêta embarrassé, elle le regardait de
nouveau de son œil clair et dur.

—C'est qu'aussi vous êtes méconnaissable
sous ce costume surchargé d'ornements ; cela
ne va pas à votre genre de beauté, c'est de
mauvais goût.... Pourquoi n'avez vous pas pris
aujourd'hui, une tunique sombre et peu ornée

qui m'eût rappelé la chère apparition d'il y a trois ans ?....

Bertha ne put se défendre d'un léger mouvement d'impatience.

— Je ne vous ai pas attendu ici, lui dit-elle, pour nous entretenir de choses aussi futiles; cependant, puisque vous me parlez de mon costume, je vous avouerai que c'est justement à cause de vous que je suis en rose, (et elle jeta un coup d'œil de mépris sur sa jupe frangée de rubans), à cause de l'impressionnabilité romanesque de votre caractère dont j'ai appris à me défier; pour éviter de vous rappeler des souvenirs.... pénibles... j'ai changé de costume et d'attitude, ne pouvant malheureusement changer de visage.

— Vous avez trop bien réussi, dit le jeune homme avec un soupir; mais... est-ce que vous allez rester ici, maintenant dans ce nid d'aigle? au milieu de ce grand paysage dénudé ?... juste le contraire de votre robe ?...

Un nouveau regard sévère l'empêcha de continuer.

— Est-ce que vous n'avez pas reçu ma lettre, Monsieur d'Aunel ?

— Ah ! c'est vrai... votre lettre... je l'ai reçue... juste au moment de partir... mais j'en ai été si troublé...

— ... Que vous n'y avez sans doute rien compris... Écoutez-moi,... je vous en conjure: je suis restée au couvent sept ans, comprenez-vous ? à Madrid, d'abord, à San-Francisco ensuite, et je ne vous ai rencontré qu'à Marseille; encore une fois, me comprenez vous Monsieur ?

— Oui, Mademoiselle, répondit le jeune homme en articulant fermement ces deux mots.

— Ah ! enfin !... dit Bertha avec un sourire. Vous me demandiez, ajouta-t-elle, si j'allais demeurer ici longtemps ? Je ne sais trop que vous répondre, mon Dieu ! Je suis ici... jusqu'au jour...

Elle s'arrêta indécise.

— Jusqu'au jour ? interrogea M. d'Aunel avec anxiété.

— Jusqu'au jour, où la vocation me reviendra, sans doute.

Et s'éloignant brusquement, elle lui fit signe que les voix commençaient à se rapprocher du dehors.

— Encore un instant, encore ! je vous en prie, supplia-t-il; ils ont de l'avance sur nous, mais nous les suivons, vous voyez bien... et après tout que vous importe ?...

Elle baissa la tête sans répondre. Il mit affectueusement son bras sous le sien.

— Berthe, — lui dit-il d'un ton très-doux — laissez-moi vous appeler ainsi, pour la dernière fois peut-être ?..... — Pauvre Berthe !... comme cette joie de tous doit vous faire souffrir ! cette joie dont vous êtes cause, et qui sera plus tard, sans doute, une source de nouvelles amertumes...

Il s'arrêta comprenant qu'elle pleurait.

— Que puis-je donc faire pour vous ? ajouta-t-il avec une émotion profonde; vous ne voulez pas que je vous aime, mais je donnerai mon sang, ma vie entière, pour vous être bon à quelque chose... pour refaire votre destinée !

Bertha releva la tête, son regard avait repris sa limpidité froide, et toute trace de larmes avait disparu.

— Et qui vous dit que je ne suis pas heureuse telle que je suis ? répliqua-t-elle fièrement.

— Heureuse, vous ?... c'est impossible, reprit le jeune homme avec chaleur ; j'en ai toujours douté avant... et je ne le crois plus depuis que je vous sais mademoiselle de l'Oseraie... surtout depuis que je sais cela... je ne peux pas le croire.

— C'est-à dire que vous ne voulez pas me croire heureuse, parce que cela vous plaît ainsi ?

— Non, je ne le crois pas... je ne le croirai jamais... et quand je songe qu'il y a une loi... malheureuse... malheureuse enfant ! il faut que vous soyez folle pour...

— Taisez-vous, monsieur ! taisez-vous...

Et violemment elle posa sa main sur la bouche de monsieur d'Aunel. Il rougit, et recula de quelques pas ; ses lèvres tremblaient d'une émotion qui, cette fois, était plus voisine de la colère que de tout autre sentiment. Mais Bertha semblait connaître à fond ce caractère emporté et puéril ; elle reprit son bras et s'y appuya avec une amicale confiance.

— Comprenez-moi, monsieur Armand, lui dit-elle encore, en admettant que je sois malheureuse, vous m'avez mise grâce à votre folie dans l'impossibilité d'accepter désormais vos services ; et si je me trouve heureuse telle que je suis, il me semble que de votre côté vous avez une façon charmante de l'être...

Monsieur Armand eut un très-beau sourire de défi, tout plein de mystérieuses tristesses.

— Parbleu ! je vous conseille de vous plaindre, reprit-elle tout à coup avec ce ton hardi que Philippe lui avait quelquefois reproché ; une jolie femme dans le présent, deux millions dans l'avenir, et avec cela tout le monde qui raffole de vous... Vous êtes heureux, monsieur, plus heureux que beaucoup d'hommes de votre façon, je vous assure... Et maintenant... ce que j'attends de vous : c'est d'abord une discrétion à toute épreuve. Vous ne parlerez pas... Vous me le jurez ?

Il la regarda d'un air de reproche.

— Pardon ! j'ai confiance ! s'empressa-t-elle d'ajouter. Et... vous épouserez mademoiselle de Fresne... Vous l'épouserez, n'est-ce pas ?

— Mon Dieu, je fais toutes sortes d'efforts

6

pour en arriver là ; malheureusement j'ai quitté bien souvent Eugénie pour savoir ce que vous étiez devenue, et, quand je reparaissais triste et découragé, c'est tout juste si on voulait de moi ; ce qui me désole c'est qu'on en veuille encore,

Et monsieur Armand se mit à jouer modestement avec le nombre infini de ses breloques.

Bertha eut peine à dissimuler l'ironie d'un léger sourire.

— Eugénie de Fresne est un très-bon parti, dit-elle avec indifférence, et très-recherchée dans le beau monde à ce qu'il paraît ; j'ai su qu'elle venait d'avoir deux nouvelles demandes : d'abord, monsieur Bernard, ce banquier fabuleusement riche, et puis le jeune de Lesparets, vous savez ?... Ferdinand de Lesparets qui était dans l'armée de Condé avec mon cousin Philippe ?

— De qui tenez-vous ces renseignements ? demanda monsieur d'Aunel avec une vivacité à peine réprimée.

— Qu'est-ce que cela vous fait ? reprit-elle du même ton d'indifférence.

— Cela ne me fait rien du tout, pensez donc ;... mais...

— Mais vous épouserez Eugénie le mois prochain, si cela est possible, parce que vous ne voudriez pas nous faire souffrir, ni elle ni moi... Parce que je vous le demande... en grâce...

Sous ses longs cils à demi baissés, elle avait ce regard suppliant et doux qui, par sa rareté même, la rendait irrésistible.

— Je l'épouserai parce qu'elle vous ressemble ! s'écria-t-il tout à fait subjugué.

— Non, dit sérieusement Bertha ; vous l'épouserez parce qu'elle vous aime, et qu'elle est la seule femme qui puisse faire de vous.. un homme.

Elle lui tendit gracieusement la main pour ôter à ses paroles ce que ce dernier mot avait de blessant.

— Et maintenant, monsieur, remontez là-haut, je vous prie,... et paraissez étonné de ne pas me retrouver au salon ; je laisse à votre esprit subtil le soin de motiver notre absence si toutefois elle a été remarquée.

Et du doigt elle lui indiqua la porte de sortie.

— Vite ! ajouta-t-elle d'un ton impérieux voyant que le jeune homme la contemplait silencieusement sans bouger de place.

Comme il hésitait encore, elle se mit à courir du côté opposé. M. d'Aunel essaya bien de la rejoindre, mais la galerie faisait un coude et Bertha qui connaissait à fond tous les êtres du vieux château, avait disparu avant qu'il eût pu se rendre compte de la porte par laquelle elle était passée.

Il prit le parti de remonter au salon, où son absence, d'ailleurs fort courte, avait été — il le crut du moins — à peine remarquée.

Mme du Garric, Philippe et l'abbé Gervais
venaient d'arriver; le baron avait repris le
cours de ses impressions de voyage et la suite
de ses aventures avec la jeune dame voilée;
Mme de Fresne comptait de nouveau les rosaces du plafond, et M. de Fresne, la tête rejetée en arrière, sur le dos de son fauteuil,
riait à faire plaisir.

Les jeunes gens causaient politique, s'entre-
tenaient des préparatifs de la campagne d'hiver et de l'élévation probable du premier consul
à l'empire.

Plus loin, dans un coin soyeux et calfeutré
du grand salon, Marguerite disposait dans les
cheveux noirs d'Eugénie des chrysanthèmes
blancs que Philippe venait de lui rapporter du
Garric.

Mais Eugénie semblait distraite, préoccupée,
et ne se prêtait que faiblement aux fantaisies
enfantines de son amie; elle eut comme une
légère contraction de lèvres quand Bertha re-
parut; elles se parlèrent peu, et Bertha se retira
de bonne heure. Il y avait sur son visage un
air d'extrême lassitude qui pouvant passer
pour une simple fatigue physique, lui attira de
la part de M. d'Aunel une foule de ces petites
attentions voilées, qu'une femme n'ose refuser
à cause de leur insignifiance extérieure, mais
qui ne laissent pas d'ennuyer profondément la
femme sérieuse qui en est l'objet.

Philippe causa beaucoup avec Eugénie et

Marguerite, qu'il ne quitta guère de toute la
soirée; à part quelques mots de banale poli-
tesse il eut l'air d'oublier complétement la
présence de Bertha et d'Armand d'Aunel; il
était un peu pâle cependant... Souffrait-il?
qui eût pu le dire?... Il est de ces impressions
morales, si incompréhensibles à leur apparition, et si cachées au-dedans de soi, qu'elles
restent insaisissables même pour ceux qui les
ressentent.

Le souper fut délicieux vraiment, il s'y fit
une grande dépense d'esprit, de gaîté, et de
vins du Rhin.

Certes, les nobles hôtes du baron de l'Oseraie pouvaient être à bon droit enchantés de
leur journée.

Le soir de ce même jour l'abbé Gervais faisait à part lui de singulières réflexions. Il se
demandait si, parmi tous ces gens, qui semblaient parfaitement heureux, il ne se jouait
pas un commencement de drame à six personnages, dont il devait être le spectateur ignoré
et silencieux, drame plein de mystère, qui
avait sans nul doute son fil invisible et conducteur.

— Au fond de tout cela, se disait le bon
curé en s'endormant dans ses rideaux de serge
rayés de blanc (de vrais rideaux de jeune
fille), au fond de tout cela, que de larmes...
mon Dieu! que de larmes...

C'était un profond observateur que Ber-

nard Gervais, curé de St-Eustache du Garric,
mais les hommes distraits se trompent si facilement !...

Le lendemain la famille de Fresne et M.
d'Annel reprenaient gaiement la route de
Montpellier, emmenant Marguerite qui devait
séjourner quelques jours auprès d'eux.

VII

CHANGEMENTS A VUE

— Comme c'est joli le soleil d'hiver, n'est-
ce pas, ma cousine ?

Et Philippe ne paraissait nullement pressé
de se mettre en chasse. Le fusil sur l'épaule, il
faisait admirer à Bertha qui l'avait accompagné jusqu'à la route d'Aigues-Mortes, la
plaine immense qu'il lui semblait voir réchauf-
fée et riante sous ces gais rayons de midi qui
luisent quelquefois encore à la fin de décembre.

— C'est joli, en effet ! dit Bertha en regardant autour d'elle. Voyez donc ces arbres ? ils
étaient affreux hier avec leurs branches toutes
nues, et aujourd'hui ils sont comme revêtus
d'un duvet frangé qui brille... on dirait un
nombre infini de paillettes... Comment donc
appelez-vous cela, mon cousin ? j'ai si peu vu
la campagne pendant mon séjour au couvent...

— Cela ? dit Philippe en souriant, c'est le

givre, qui nous remplace les neiges du Nord.
Ah ! j'ai bien le temps de chasser, ajouta-t-il
en posant son fusil sur le gazon. Voulez-vous
vous asseoir, ma chère ; rien ne vous presse ?...

— Excepté papa qui m'attend à deux heures, vous savez bien ?...

— Oh ! un instant de plus ou de moins...
il fait si bon, et c'est si rare en hiver ! C'est
presque un jour d'automne, ne trouvez-vous
pas ?

Il lui choisit une place au bord du chemin,
sur un léger renflement de terrain formant
talus.

— Merci ! je suis très-bien... fit-elle joyeusement. Et vous, Philippe, vous ne vous as-
seyez pas ?

— Moi ? non... si les chiens lançaient, par
hasard.. D'ailleurs je suis fort bien aussi.

Et il s'accouda en face d'elle, sur un chêne
noueux, si penché en dehors de la route qu'on
l'aurait cru à demi-arraché du sol, quoique,
en réalité, il y tînt par des racines énormes et
pleines de vigueur. D'un coup-d'œil, Bertha
embrassa l'étrange paysage qui se déroulait à
ses pieds :

— J'aime mon pays, dit-elle, avec un sourire presque douloureux. je voudrais ne plus
le quitter... Oh! je le voudrais, Philippe! murmura-t-elle, comme répondant à sa propre
pensée.

— Certes, vous ne le quitterez jamais,

Bertha! Maintenant que nous vous avons retrouvée, croyez-vous que nous vous laisserions partir? Non, vous êtes à nous, bien à nous... Plus de tristesses irraisonnées, plus de rêveries sombres... Vous serez joyeuse, n'est-ce pas? et, au lieu de dire : « *Je voudrais,* » vous direz : « Mon cher pays, *je ne veux plus te quitter!* »... Aujourd'hui, je ne vous demanderai qu'une chose, mais une chose qui est tout pour moi.

Il s'arrêta hésitant...

Elle leva sur lui son beau regard clair.

— Eh bien! Philippe? dit-elle.

La plaine aride sembla à Philippe toute illuminée.

— Oh! Bertha, reprit-il le cœur palpitant, je vous demande de m'aimer un peu, moi qui vous aime plus que tout au monde!...

— Mais je vous aime beaucoup, mon cousin, répondit-elle froidement.

Le gai soleil parut s'obscurcir, et Philippe se sentit on ne peut plus intimidé. Ils causèrent un instant de choses indifférentes, puis, instinctivement, le silence se fit.

C'était un instant délicieux de repos intérieur et de calme jouissance que Bertha voulait savourer lentement, comme si, dans le silence de son cœur, elle eût pressenti que cette heure de trève qui lui était encore donnée ne se retrouverait plus.

Il y avait dans ce vaste paysage, dans cette

campagne désolée qui, en dépit des jours moroses essayait de sourire, une note si identique à la sienne qu'elle n'eût pas voulu, à l'heure présente voir le ciel se bleuter, les arbres reverdir et les quinze tours d'Aigues-Mortes s'estomper dans les brumes transparentes de mai. Elle regardait vaguement devant elle, un coude sur ses genoux et le menton appuyé sur sa main. Sa tête rejetée en arrière avait laissé se dénouer les nattes de ses cheveux bruns qui retombaient à demi sur ses épaules ; une légère coloration animait momentanément le ton trop mat de son teint, et ses lèvres entr'ouvertes avaient je ne sais quel sourire mystérieux et attachant.

Plus que personne, Philippe subissait l'étrange domination que cette nature de femme exerçait autour d'elle ; de trois ans plus jeune, ils n'avaient pas été élevés ensemble, et longtemps avant la Terreur, une foule de circonstances les avaient souvent séparés. Mais à chaque nouveau revoir il cédait invariablement à tous ses caprices. Et maintenant, après une séparation de sept années, séparation qu'il n'osait, ni ne voulait approfondir ; malgré certaines dissonances de caractère et d'éducation qui l'effrayaient malgré lui, il se sentait de nouveau invinciblement attiré.

Si profonde que fût la rêverie de Bertha, elle était trop femme pour ne pas s'apercevoir du regard silencieusement ravi qui l'enveloppait tout entière.   7

— Rentrons, dit-elle, voulez-vous ? Je crains que mon père ne soit éveillé et qu'il ne me demande ; c'est son heure de blason ! ajouta-t-elle avec un sourire.

— Oh ! je vous en prie ! il n'est pas encore deux heures... tant pis pour mon oncle ! il peut bien attendre. Est-ce que je n'ai pas attendu pour vous avoir là, près de moi, dans le silence de la campagne, que ni M. d'Aunel, ni d'autres fats comme lui ne fussent autour de vous ? .... Laissez-moi vous regardez, ma cousine, je vous en supplie ... Vous ne savez pas combien vous êtes belle, vous si vivante, au milieu de cette nature morte, qui vous encadre si poétiquement ! La joli sonnet qu'on pourrait faire devant ce tableau....

Elle le regarda, étonnée de voir ce visage qui jusqu'alors lui avait semblé banal, se transfigurer sous le rayonnement de l'imagination.

— Est-ce que vous seriez poète, par hasard ?

— Un peu ! répondit Philippe en rougissant comme une jeune fille. Quelquefois.... dans mes moment perdus....

— Ah !.... vous me montrerez cela, je suppose, à moins que ce ne soient des vers patriotiques, ajouta-t-elle avec une singulière nuance de dégoût ; je n'aime pas ce genre.

Philippe hésita un instant, puis il tira résolûment de sa veste de chasse, un petit portefeuille usé et le lui tendit.

Elle le parcourut d'abord avec indifférence, puis se sentit bientôt entraînée par le sentiment artistique de ces pages souvent incorrectes, mais vivement senties et toutes pleines de son nom. Elle lut ainsi une à une les luttes de ce pauvre cœur, très-franchement jeune, tout en songeant que lui, ce poëte qu'elle n'avait pas soupçonné, était là debout devant elle, tremblant et presque aussi pâle que le soir de son retour à l'Oseraie.

Elle comprit qu'un seul mot venu du cœur, et échappé à ses lèvres, serait comme une promesse tacite, comme un espoir de réalisation de ce qui ne devait être pour eux qu'un rêve développé par les circonstances.

Ce fut juste ce qui arriva.

Philippe s'assit aux pieds de sa cousine, les mains croisées dans l'attitude de la prière.

— Seriez-vous heureuse, ici, lui dit-il presque à voix basse, de cette vie calme et monotone qui est ma vie ? loin du monde et du luxe qui vous siérait si bien cependant ? avec ma mère qui est bonne mais austère, avec moi qui suis timide et gauche mais qui saurais si parfaitement vous aimer ?

Elle ne répondit pas ; elle sentait comme une sorte d'oppression lui serrer la gorge.

— Bertha, ma bien-aimée Bertha ! continua le jeune homme avec une infinie tendresse, voulez-vous être ma femme, dites, le voulez-vous ?...

Elle se voila le visage de ses deux mains, en secouant tristement la tête. Peut-être à l'heure présente la vision de cette existence monotone que venait d'évoquer Philippe, eût été l'avenir de son choix ; peut-être était-elle lasse de sa vie tourmentée ; peut-être avait-elle soif de ce bonheur calme qui n'était pas le sien ; de son pays natal qui n'était plus son pays. Elle était comme ce voyageur fatigué qui trouvant une source pure dans un paysage rêvé s'y désaltère, et la quitte à regret parce que son but est plus loin et qu'il est trop tard pour y dresser sa tente.

Rien ne prouvait cependant que malgré ses regrets mêmes elle n'eût pas au fond du cœur une secrète tendance pour cette destinée mystérieuse à laquelle M. d'Aunel avait fait allusion. Une pensée de ce genre lui rendit ce calme indifférent qui lui était habituel.

Elle se leva.

— J'ai froid, murmura-t-elle avec une sorte de long frisson. Et d'un geste brusque elle ramena jusque sur ses yeux la cape de sa mante.

Philippe sentit instinctivement qu'une corde aimée se brisait en lui ; il ne lui vint pas à la pensée de s'étonner, ni d'insister quand elle lui dit d'un ton doux et résolu :

— C'est impossible, mon cousin, ne songez jamais à cela.

Il ferma un instant les yeux, tant la douleur morale était forte, et quand il les rouvrit il ne vit plus autour de lui que la nature d'hiver lourde et triste, les arbres rabougris, la plaine dénudée, et à ses côtés une petite femme frileuse affublée d'un manteau trop grand pour elle, et la figure perdue dans un capuchon démodé. Il comprit que l'illusion d'un instant était morte ; mais il n'était pas bien sûr que la blessure faite pût se cicatriser.

— C'est impossible ! continuait-elle toujours ; vous saurez plus tard pourquoi cela ne se peut pas. Je le regrette, Philippe, mais je ne serai jamais votre femme, jamais... jamais... Entendez-vous ?

Il n'entendait qu'un murmure indistinct et fatigant qui bruissait à ses oreilles, il lui semblait qu'une femme autre que Bertha était devant lui, et que tout, en cette femme, le faisait horriblement souffrir.

— Otez ce manteau, lui dit-il d'un ton dur, cela vous va mal... c'est affreux !

Puis détournant son visage, il appuya sa tête sur l'arbre renversé, l'étreignit de ses deux bras et se mit à sangloter follement.

Si Bertha s'était retournée, elle aurait aperçu au même moment la silhouette de l'abbé Gervais immobile à travers les branches dépouillées des arbres. Il revenait d'Aigues-Mortes, et se rendait au Garric par un chemin de traverse. Mais elle ne le vit point.

— Je vous en supplie, disait-elle, soyez courageux, soyez homme... Je ne puis pas faire
qu'il en soit autrement. Et croyez-vous que je
ne souffre pas, moi, parce que j'ai les yeux secs?
Dieu m'est témoin que je voudrais pouvoir
vous dire les raisons qui m'empêchent d'être
votre femme, et le silence cruel que je m'im-
pose est encore une torture !...

Elle s'arrêta en proie à une angoisse visible.

— Qui vous dit d'ailleurs que je ne retour-
nerai pas bientôt au couvent ?

— Bertha ! cria-t-on du côté de l'Oseraie.
Bertha !

— C'est mon père qui me cherche et qui
s'impatiente, il faut que je vous quitte, Philippe ! Philippe !... je vous en prie...

Elle essaya de lui prendre une main qu'elle
tint un instant serrée dans les siennes. Il se
releva plus calme.

— Vous me devez une explication, Bertha,
lui dit-il en la regardant avec une fixité presque farouche.

Elle tressaillit intérieurement.

— Vous l'aurez bientôt, je vous jure que
vous l'aurez.

Et sans attendre de réponse, elle s'élança à
la rencontre du baron Hugues, qui s'avançait
majestueusement sur la route de l'air qu'aurait eu Louis XIV en disant : « *J'ai failli attendre.* »

VIII

SUITE DU JOURNAL DE MARGUERITE

Montpellier, 11 *janvier* 1802. — Me voici à l'avant-veille de mon départ ; déjà ! Comme le temps vole ! Certes, je suis joyeuse de revoir Bertha, et tous les miens, de retrouver mon *at home* comme disent les Anglais, qui entendent si parfaitement l'amour du *chez soi*. Pourtant ce n'est pas sans regrets que je quitte l'hôtel de Fresne, que j'abandonne ma jolie petite chambre s'ouvrant sur le jardin.

Oh ! le délicieux jardin !... Si j'étais madame de Fresne, j'aurais toujours voulu habiter là.

Il paraît que de sérieuses difficultés avec son beau-père, qui ne l'aimait point, lui ont fait préférer le séjour d'Avignon chez sa mère, et de Paris chaque hiver.

Ce n'est qu'après la mort du marquis de Fresne qu'ils sont revenus à Montpellier s'établir dans le vieil hôtel.

Eugénie adore son jardin, la serre chaude pleine de lauriers roses et de plantes exotiques, la fontaine en rocaille avec le vieux faune accroupi sur les bords, le saule qui surplombe le banc où nous venons nous asseoir et qui a l'air de pleurer ses feuilles.

Mon amie est toujours très-peu décidée à épouser M. d'Aunel. Le mariage fixé au 2 février vient d'être renvoyé au 31 mars. Ce nouveau délai est dû à l'indécision de l'une, et à l'attitude inexplicable de l'autre. M. Armand est repris d'une vraie *furia* de voyages; on ne peut jamais savoir bien au juste où il va; et quand il revient il est préoccupé, inquiet, d'une inégalité de caractère qui m'a frappée.

De son côté, Eugénie est sérieuse, et de plus en plus triste.

— Je ne suis nullement pressée de me marier ! m'a-t-elle dit ce matin, en appuyant sa jolie tête sur mon épaule.

— Oh ! cela se voit de loin !... Mais enfin, où veux-tu en venir ?... Que veux-tu exiger encore de ton fiancé ?

— Je veux qu'il m'aime, m'a t-elle répondu gravement.

— Il me semble qu'il ne fait pas autre chose? (je n'étais pas bien sûre de penser très-exactement ce que je disais).

— Non, non, non!... s'est écriée Eugénie avec une sorte d'impatience désolée, il ne m'aime pas... du moins comme je comprends qu'on aime, quoiqu'il paraisse tenir à m'épouser. Eh bien ! j'attendrai ; et plus tard, dans quelques mois peut-être, il m'aimera assez pour ne plus songer à aucune autre femme.

— Mais, ce n'est pas possible cela. Comment

veux-tu qu'il songe à une autre femme, puisqu'il désire t'épouser ?

— Je ne peux pas t'expliquer ces choses, ma chérie, je ne les comprends pas bien moi-même ; je les sens, voilà tout. Je suppose que dans ses voyages, — car il a beaucoup voyagé, vois-tu ! — il a rencontré une autre jeune fille plus belle que moi, et qu'il l'a aimée ; une jeune fille.... comme ta sœur, par exemple....

— Aimer Bertha, qu'il a à peine vue ? tu es folle ! ou ton idée est tout au moins singulière ?

— Je ne te dis pas ;.... cependant cela aurait pu être.

— Tu n'y songes pas ? il ne l'a connue qu'à Marseille.

— Tu crois ?

J'avoue que le sourire dont Eugénie a accompagné ces paroles m'a mise mal à l'aise.

— Mais, puisque Bertha était religieuse ? ai-je hasardé d'un ton timide.

— C'est bien loin, San-Francisco ! m'a-t-elle répondu très-rêveusement.

C'est étrange comme Eugénie va au fond de toute chose ! Quand je veux essayer de creuser la pensée des autres et même ma propre pensée cela me donne le vertige. Suis-je donc aussi peu intelligente que papa veut bien le dire ? Je crois pourtant que si j'osais, je comprendrais tout aussi bien qu'une autre ;

*

je n'ose pas et je ne sens que mon impuissance.

Cependant je comprends que Philippe est beau, parce qu'il me semble voir son âme à travers son visage ; mais il est beaucoup d'âmes que je ne saurais apercevoir : celle de M. d'Aunel par exemple, celle de papa, celle de ma sœur, et une foule d'autres....., ce qui prouve que ma science ne va pas bien loin....

Ce matin, 12. — Je songe que demain au soir, je m'endormirai à l'Oseraie « dans le silence de la campagne et de mes pensées ». Les poètes disent ainsi, à ce que je crois. Moi je ne suis pas poète bien que j'adore la poésie, même celle que je ne comprends pas. La musique des vers chante à mon oreille, comme le bruissement de harpes qu'un souffle invisible mettrait en vibration. Il n'y a pas longtemps encore, Philippe me lisait ses vers aux pieds des vieux murs d'Aigues-Mortes, et sur les bords du petit ruisseau creusé par la source du parc. Maintenant... sais-je seulement s'il écrit des vers, mon cousin Philippe ?

Ce soir, 11 *heures.* — Il y a des rêveries qu'il vaudrait mieux garder pour soi, toute seule... Mais mon petit livre est un autre moi-même, puisque je lui avoue toutes mes pensées ? Cela étant, je vais encore lui confier ce qu'Eugénie vient de me dire. D'abord elle est entrée dans ma chambre emmitouflée dans son peignoir blanc matelassé de rose... ce peignoir qui lui va si bien !... Puis elle s'est assise sur mon lit, et a passé ses deux bras autour de mon cou !

— N'oublie pas de m'écrire, m'a-t-elle dit à voix basse; je veux tout savoir, absolument tout ! Raconte-moi vos causeries, vos promenades, les visites que vous recevrez, surtout les visites, c'est très-intéressant, à la campagne...

— Je te raconterai tout ce que tu voudras savoir, chérie ! lui ai-je répondu un peu étonnée de cette insistance.

— Mon Dieu !... je veux savoir ... ce qui se passe là bas, par intérêt pour vous, tout simplement...

Et plongeant ses grands yeux dans les miens :

— Est-ce que cela t'étonnerait, Marguerite, si ta sœur et ton cousin finissaient par s'épouser ?

— Non ... je crois que j'y ai déjà pensé ...

Et comme je détournais la tête, Eugénie m'a attiré près d'elle et a repris vivement :

— Mais ta sœur n'est pas du tout la femme qu'il lui faut ; et ce pauvre Philippe n'aura pas éternellement les yeux fermés. Un jour, qui n'est pas loin peut-être, il s'apercevra que l'Oseraie renferme une petite perle qui vaut cent fois ce diamant du nouveau monde !...

Sur quoi ma charmante amie s'est sauvée dans sa chambre après avoir couvert mon front d'une pluie de baisers, tandis que je gardais le silence et que les larmes me montaient aux yeux.

Moi sa femme .. l'heureuse femme de Philippe ? .... Est-ce que ce serait seulement possible ?...

Je ne puis pas dire que cette pensée ne me soit jamais venue.

Avant le retour de Bertha, il m'était déjà arrivé de passer dans ce rêve des heures infiniment douces ... Depuis, cette pensée m'a paru insensée et amère. Pourquoi ? je ne saurais le dire, mais je la repousse de toutes mes forces, et je songe que si Philippe ne voyait pas que Bertha est très-belle, c'est bien alors qu'il serait aveugle. Hélas! que suis-je, moi, à côté d'elle ?.. Une grande fille, un peu niaise, comme dit papa, rousse et boiteuse...

Il y a des jours où je suis triste, mais triste à en mourir !...

14 *janvier*. — J'ai dû céder aux instances d'Eugénie et rester deux jours de plus. Je vais partir dans un instant. M. d'Aunel est au salon, il est arrivé ce matin, portant sous son collet noir (1) un énorme bouquet de violettes. Il en a fait deux parts, a offert l'une à Eugénie, et s'avançant vers moi, il m'a donné l'autre en me disant négligemment :

(1) Petit manteau court, fort à la mode sous le Consulat.

— Mademoiselle votre sœur aime les violettes, je crois, veuillez lui offrir celles-ci pour moi, je vous prie.

J'ai vu les doigts d'Eugénie se crisper et quelques petites fleurs tomber de ses mains dans les cendres.

Sans trop réfléchir à ce que je faisais, je lui ai pris son bouquet et après l'avoir réuni au mien j'ai mis le tout dans un des vases de la cheminée.

— Nous avons beaucoup de violettes à l'Oseraie, ai-je répondu à M. d'Aunel; et puisque votre fiancée les aime, je pense que vous serez heureux que je lui laisse celles que vous venez de me donner.

M. Armand s'est incliné avec un sourire contraint. Eugénie m'a regardée les larmes aux yeux. Je suis remontée dans ma chambre pour mettre ma toque et ma pelisse fourrée. En attendant qu'on attelle j'ai griffonné ces lignes.

Me voilà prête.

Les heures d'adieu sonnent vite dans le cours de la vie, mais comme c'est lent à venir les heures du bonheur de ce monde!

. . . .

L'Oseraie, fin janvier 1802. — Ce matin je suis entrée dans la bibliothèque et me suis amusée à regarder les écrins des pièces à blasonner. Une médaille de bronze à l'effigie de Charles VII, a roulé sous les rayons d'où nous ne l'avons retirée qu'à grand'peine. Hélas ! papas'est encore fâché contre moi :

— Quand on est aussi ignorante que vous l'êtes, a-t-il murmuré avec impatience, on ne devrait jamais toucher à quoi que ce soit, surtout aux choses qu'on ne sait ni aimer, ni comprendre.

J'aime pourtant les antiquités, si étonnant que cela paraisse ! Non pas toutes celles qu'aime mon père, mais d'autres auxquelles il fait moins attention, lui !

J'ai conservé un amour d'enfant pour les vieux murs où je suis née, et ma jeunesse se passe à regretter les vieilles peintures, les grands rideaux sombres, les meubles usés, que le feu nous a pris ; toutes ces choses qui m'ont vu grandir, et qui ont été les témoins muets, mais fidèles de mes premières impressions.

J'aime beaucoup rêver dans le *Vieux Château*; je cause des heures entières avec tous les débris, toutes les statues brisées ou noircies que je retrouve à leur place d'autrefois. Elles ne me répondent pas toujours, mais du moins elles m'écoutent..... Est-ce que jamais on m'écoute, là-haut ?..... Philippe, peut-être, il y a trois mois..... mais, aujourd'hui !.....

C'est un malheur parmi tous les autres, que l'incendie ait entièrement détruit le salon du *Vieux Château*; il était octogone et voûté, avec des sculptures du XVe siècle et des fresques de.....

Le salon de la *Tour neuve* est plutôt un
parloir anglais qu'un salon moderne. Il est
commode, aéré, s'ouvre sur une terrasse, et
renferme tout ce qui peut rendre la vie de la
campagne agréable. Il est à la fois boudoir,
cabinet de travail et salon de jeu. Le boudoir
est le coin opposé à la table du damier; il
donne sur un parterre où poussent de hauts
cyprès, qui dépassent les fenêtres et projet-
tent une ombre continuelle, d'un effet mélancolique très-réussi.

Il y a une causeuse à trois places, mon clavecin, le grand portrait de Bertha, et la harpe
de notre mère au-dessous; papa a voulu la
faire descendre de la bibliothèque, où il la tenait renfermée, et couverte de voiles, comme
tout ce qui avait appartenu à ma sœur. Pauvre harpe ! qui n'est jamais sortie de son silence de sept années !...

Bertha n'a pas voulu l'accorder encore; elle
assure que la musique lui donne des idées
noires et lui fait mal aux nerfs. On dirait parfois que nos souvenirs d'enfance lui sont à
charge, que sa pensée est ailleurs, sur une
terre inconnue où nous ne pouvons suivre ses
traces. Est-ce à Madrid, ou à San-Francisco ?
Dieu seul le sait !...

2 *février*. — Jour triste. Tout le monde se
ressent de l'impression d'hier, et de celle d'aujourd'hui.

Hier soir, au milieu de la partie, mon père

à discuté longtemps sur un coup douteux,
mais sans aigreur apparente.

— Alors, papa, s'est écriée Bertha avec une
impatience peu justifiée il faut jouer avec
Marguerite, ma foi ! j'ai tout oublié, et ne
comptez pas que je m'y remette... J'ai peut-
être eu tort de quitter l'Annonciade. (Ici elle
nous a regardé pour voir l'effet de ses paroles)... Et il y a des jours, a-t-elle ajouté,
en baissant les yeux, il y a des jours où je
songe sérieusement à rentrer en religion.

Philippe a détourné la tête et m'a semblé
plus pâle qu'à l'ordinaire. Papa a brisé le damier sur le parquet, comme chaque fois que
quelque chose le met en fureur, et s'est emporté de façon à interdire à tout jamais une
seconde allusion au cloître.

Mais on dirait vraiment que Bertha ne
pouvant reparler de *l'Annonciade* cherche à
irriter notre père avec tous les sujets qu'elle
sait lui être désagréables. Ne se sont-ils pas
imaginés, ce matin, d'avoir ensemble une dis-
cussion politique?

Elle était très-exaltée, et a soutenu qu'en
abolissant les vieilles coutumes, la Révolution
a régénéré la France et enfanté de grands
hommes. Papa s'est mis dans une colère....
Mon Dieu ! j'en avais des frissons de peur....
Quand l'accès a été passé il m'a regardée presque tendrement :

— J'aime encore mieux t'entendre parler de Buonaparte, Marguerite !

Et sa voix avait un ton de tristesse résignée, qui m'a sincèrement émue.

Ce pauvre père n'a vraiment pas de chance en ce qui concerne l'éducation politique de ses deux filles. Aussi lui ai-je sauté au cou, sans crainte, pour la première fois de ma vie.

— Dieu fasse que cela dure !.... a dit tout bas la voix de ma sœur.

Je ne me suis pas bien rendu compte du sens de cette réflexion !

— Pourquoi dis-tu cela ? lui ai-je demandé.

Elle a souri de son sourire énigmatique, et sans me répondre, elle a quitté le salon.

Ce qui évidemment saute aux yeux, c'est que Bertha devient mauvaise joueuse, et que la partie de dame subit une période de décroissance.

M. le curé est forcé d'intervenir et de reprendre plus souvent sa place d'autrefois.

A propos de M. le curé, je m'imagine qu'il veut convertir Bertha, je les vois souvent causer ensemble et chose bien plus étonnante, elle va quelquefois à la cure ; des gens de la ferme l'ont vu passer et revenir....

Je crois que je viens d'écrire une sottise en me servant du mot *conversion* qui ne peut évidemment convenir à Bertha, puisqu'elle a été religieuse.

Cependant, elle n'est pas dévote ; elle n'a ni

chapelets, ni livres de prières... Ah ! je me
trompe ! elle a un missel anglais, richement
relié, avec les initiales B et J entrelacées. C'est
le souvenir d'adieu d'une jeune Américaine novice à San Francisco.

J'ai dit cela à tante Claudine, que j'ai
trouvée un jour examinant très-attentivement
le livre et les initiales ; elle a haussé les épaules
et a continué d'examiner.

Ma pauvre tante, avec toute sa finesse, ne
fait que se rendre incompréhensible.

Bertha n'ouvre donc son missel que le dimanche à la messe ; mais elle n'y lit rien assurément. J'ai remarqué qu'au *dernier évangile*
le livre était encore ouvert à *l'introït*.

10 *février*. — M. d'Aunel est venu plusieurs
fois à Aigues-Mortes et deux fois à l'Oseraie.
Il s'est beaucoup lié avec Edouard Rivès, le
fils aîné du docteur ; ils vont ensemble à la
chasse et il lui confie la garde d'un de ses chevaux de selle.

Je présume qu'il est allé souvent à la rencontre de Bertha, qui ne s'en soucie guère, il
faut l'avouer : à sa seconde visite elle n'a pas
voulu descendre au salon.

En revanche papa ne jure plus que par M.
d'Aunel, le même M. d'Aunel qui était, il y a
deux mois, de si petite noblesse ! .... C'est curieux, comme il me déplaît, ce blond M. Armand ; ... Ma pauvre Eugénie ! ... ma pauvre
chère ! ...

Deux jours après. — En vieillissant, la ma-
nie de la peur devient chez Josce une seconde
nature. Je doute qu'il meure d'une autre maladie que de celle-là. Il prétend que le soir de
la foire de Lunel, quelques paysans qui sont
rentrés tard au Garric ont vu les fenêtres de
la galerie du vieux château, lumineuses comme
si elles étaient éclairées à l'intérieur. Il y en a
même qui ont assuré que deux ombres passaient et repassaient devant les carreaux.

Bertha, qui avait écouté le front dans ses
mains, a éclaté d'un rire si bruyant, que Brunswick, réveillé en sursaut, s'est mis à aboyer et a
voulu la mordre.

— Je demande pardon à ces demoiselles, a
repris Joscelyn d'un ton de dignité froissée,
mais *je jurerais Dieu* avoir vu la même *allu-
mination* hier au soir de l'œil de bœuf de ma
chambre.

— Tu ne sais ce que tu dis, mon pauvre
Josce ! s'est écriée Bertha ; ce sont les rayons
de lune qui font scintiller les vitraux; regarde
de nouveau à la même heure ; et tu nous diras
si je me trompe.

11 *heures du soir.* — Après souper et quoiqu'il fût déjà tard, Bertha a pris une poignée
de sucre, pour donner à Cadi.

— Veux-tu que je vienne ? lui ai-je demandé, je porterai la lanterne.

— Quelle idée ! avec ta gorge délicate !

non je ne veux pas, il fait trop froid, ma chère, et d'ailleurs je reviens à l'instant.

Elle est restée plus d'un quart d'heure ; en rentrant elle était rouge et très-gaie.

— Je regrette que tu ne sois pas venue, Marguerite, m'a-t-elle dit aussitôt ; il a été charmant, Cadi ! il aurait avalé un sucrier !.... Ah ! mon Dieu ! vous avez rallumé le feu ? avec cette chaleur !....

— Tu es originale ! il y a un quart-d'heure, il faisait trop froid.

— Peut-être, mais le temps change; il fait vraiment très-beau ce soir, nous aurons la lune, et nous regarderons la galerie du *vieux château* aux fenêtres de ma chambre, veux-tu?

Nous avons regardé près d'une heure... Joscelyn a regardé aussi. C'était en effet la reverbération des rayons de lune sur les vitraux.

— Eh bien ? a dit Bertha en riant de tout son cœur; où sont donc les revenants ?

— C'est possible qu'ils ne soyent pas revenus de ce soir ! a répondu Josce en hochant la tête.

— Ni ce soir, ni demain, ni jamais, a répliqué Bertha en continuant de rire.

— Alors, Mademoiselle, faut nécessairement que *j'aye* eu de la lumière dans les yeux, ou que la lune *aye* été plus que dans son plein; *c'est pas* un quart de lune, ni même une demi lune, qui peuvent éclairer comme ça.

Et Josce reprenant sa lampe et son grand
air, est descendu à petit pas, non sans avoir
exploré minutieusement tous les recoins du
corridor. — Cher vieux Josce, va! tu mourras
de peur, c'est certain.

— Pourquoi riais-tu si fort ? ai-je demandé à Bertha, dont les épaules se soule-
vaient encore, par soubresauts convulsifs; tu
l'auras fâché, ce pauvre homme.

— Vraiment ?... c'est qu'aussi, il nous faisait des mines si drôles... au surplus, c'est
nerveux !

Et se redressant elle est devenue subitement sérieuse.

... Quelle étrange personne que ma sœur !

IX

FIN DU JOURNAL DE MARGUERITE

*(Le troisième cahier du journal de Margue-
rite, étant évidemment le plus volumineux, nous
avons cru devoir en supprimer les premières
pages, d'ailleurs insignifiantes, pour ne pas en-
traver l'intérêt du récit.)*

Lundi.... février (1) — Nous sommes tous
profondément impressionnés par le déplora-
ble événement de ce matin.

Ce malheureux M. d'Aunel vient de nous

(1) La date se trouvait effacée.

arriver étendu sur un brancard improvisé,
une affreuse blessure dans l'épaule gauche. On
l'a porté dans la chambre rouge, pour qu'il
soit mieux couché. Il est là depuis trois heures dans une léthargie presque complète.

Le docteur Rivès, appelé en toute hâte, est
sérieusement inquiet.

Je n'ose écrire à Eugénie, peut-être vaut-il
mieux attendre le résultat des premiers soins.
Ecrire à M. d'Aunel le grand oncle? ce serait
peine perdue. Le vieil égoïste dérangé je suppose, au moment de son dîner, n'en perdrait
pas un coup de dent, et n'en ferait nullement
un pas de plus du côté de l'Oseraie. C'est bien
assez de laisser deux millions à « son polisson
de neveu » comme il dit à qui veut l'entendre,
ce vilain M. d'Aunel (le grand oncle).

Quant à M. Armand, je le plains de toute
mon âme et ne me souviens plus de mon anti-
pathie d'hier. Ainsi dans la vie, les choses
changent d'aspect, suivant le jour sous lequel
les fait envisager chaque impression du cœur.

Nous étions ce matin réunis tous trois dans
la salle à manger, lorsque plusieurs paysans
accompagnés d'une troupe bruyante de ga-
mins, ont fait irruption dans la cour d'entrée
appelant, criant, se pressant autour de notre
pauvre ami, de façon à lui ôter tout l'air res-
pirable dont il avait si grand besoin.

Bertha est descendue la première, mais,
à peine a-t-elle eu plongé son regard dans le

groupe, qu'elle s'est reculée en chancelant, et serait tombée à la renverse, si un des paysans, qui conduisait le brancard, ne s'était élancé pour la soutenir. Je n'ai pu reconnaître la figure de ce brave homme, à cause d'un foulard déplié qu'il avait mis sous son chapeau pour se garantir du vent et de la poussière.

Papa avait tout vu de la fenêtre.

— Montez-le dans la chambre rouge, a-t-il crié aux paysans. *Guston*, vite chez M. Rivès, par la traverse... Si tu nous l'amènes en trente-cinq minutes, je double l'étrenne!...

Et Guston de courir!

Bertha a congédié d'un geste le paysan qui l'avait si obligeamment soutenue et qui lui expliquait sans doute l'accident de M. d'Aunel; puis, s'avançant vers le brancard :

— Que tout le monde s'éloigne, a-t-elle ordonné; Pierre et Joscelyn suffiront pour monter monsieur. Je vous engage à revenir tous demain, vous recevrez une gratification en rapport avec la peine que vous avez prise... C'est un accident de chasse, ce ne sera rien, je l'espère.

M. Armand a soulevé sa tête pâle.

— J'ai voulu couper des lianes qui m'embarrassaient, a-t-il murmuré faiblement; le terrain montait, humide et glissant, à cause de la pluie des jours passés.... je suis tombé.... le bras replié.... et mon couteau ouvert.... ce n'est presque rien.... une égratignure.... je vais essayer de marcher....

Et le malheureux s'est évanoui de nouveau.

Bertha a fait elle-même le premier pansement, j'ai peine à m'expliquer sa faiblesse de tantôt, car la vue du sang ne l'émeut pas. On dirait vraiment qu'elle a toute sa vie soigné des blessés.

Le docteur a demandé à voir le couteau qui était encore tout sanglant, il a rapproché la lame de l'ouverture de la plaie.

— A moins que les chairs ne se soient resserrées, a-t-il dit à ma sœur, qui suivait tous ses mouvements avec anxiété, la blessure me semble faite par une arme plus effilée et plus longue.

— J'ai peut-être trop fermé le bandage, la plaie était beaucoup plus élargie avant, et si semblable de forme à la lame du couteau que personne ne s'y serait trompé, je vous l'assure, docteur.....

— Mon Dieu ! mademoiselle, je me garderais bien d'affirmer le contraire, toute blessure peut être agrandie suivant l'impulsion de la main.... ou de la secousse qui l'a déterminée. Mais ce que je crois pouvoir dire c'est que ce sera long, très-long, s'il en réchappe toutefois.....

— Ainsi vous croyez?.... c'est donc très-grave ?....

— Excessivement grave, il est à craindre

que le poumon gauche n'ait été perforé, je n'ose
pratiquer un sondage.... nous verrons demain.
La fièvre va arriver et sans doute le délire.

— Mais n'y aurait-il donc aucun moyen
d'empêcher.....

— D'empêcher quoi ? la fièvre ?....

— Non, le délire, le délire, docteur ? c'est
affreux !

Et Bertha se tordait les mains.

— Il faut que l'accès suive son cours, mademoiselle ; s'il n'en vient pas un second, nous
pourrons espérer beaucoup.

Papa est rentré pendant que le docteur écrivait son ordonnance ; il lui a raconté comment un vigneron de Lunel, ayant entendu des
gémissements du côté de la forêt de Sylve-
Réal (1) qui borde la route, y avait pénétré et
trouvé M. d'Aunel, couché à terre, la poitrine
et le visage ensanglantés. Aigues-Mortes n'é-
tant qu'à peu de kilomètres de là, il a été facile
de trouver du secours. Le blessé a absolument exigé qu'on le transportât à l'Oseraie.
C'est Auguste, le filleul de la Piallade (la femme du batelier) qui a donné tous ces détails.

Lundi soir (2). — M. le curé est arrivé et a
demandé tout de suite à être introduit auprès
du malade.

_____

(1) Cette forêt est aujourd'hui très-éclaircie et en voie
d'entier dépérissement.
(2) Toujours sans date.

— Mais il n'est pas encore assez mal pour être confessé ! s'est écriée Bertha.

— Voyons, voyons, je viens en ami d'abord, quant au reste, nous verrons bien... pour plus de sûreté je coucherai au château.

Bertha a fait préparer à M. le curé la chambre de la tour, sans réfléchir que c'était juste la plus éloignée de celle de M. d'Aunel.

Le docteur et M. Gervais, se sont mis à causer dans l'embrasure de la fenêtre ; ils parlaient bas, et je n'ai pu entendre que peu de mots de leur conversation.

— Si l'on pouvait retrouver l'arme ! disait M. Rivès.

— C'est cela ! répondait M. le curé, retrouver l'arme, c'est saisir sans nul doute un bout du fil conducteur.

— Donc, vous seriez porté à croire qu'il y a réellement du mystérieux au fond de tout ceci?

— Oh ! du mystérieux... je ne dis pas cela... par fil conducteur, j'entends l'explication peut-être fort simple d'un accident qui nous paraît... quelque peu ... bizarre.

Et l'abbé Gervais a changé brusquement la conversation, puis s'est rapproché du lit, où M. d'Aunel toujours plongé dans une sorte de somnolence, n'a pas semblé le reconnaître.

Dans quel labyrinthe sommes-nous pour que M. le curé ait besoin d'un fil conducteur !

Marianne et Joscelyn doivent veiller cette nuit.

Mon Dieu ! sauvez ce pauvre Armand !

Le lendemain. — Il y a du mieux mais on redoute un autre accès. Hier au soir, à 11 heures, Bertha a renvoyé Marianne et n'a gardé que Joscelyn, lequel Joscelyn dormirait sur des épines, et n'a pas été fâché de trouver un bon voltaire à cet effet. L'accès a dû être violent d'après le compte-rendu de Bertha au docteur. Afin de donner plus facilement nos soins au malade nous nous sommes installées dans le petit salon attenant à la chambre rouge, sur de vrais lits de camps.

Tante Claudine s'est offerte pour veiller avec Philippe qui arrive de Marseille, où il était allé assister au mariage d'un de ses amis, mais Bertha a refusé énergiquement. Il a été décidé que Philippe irait après demain à Montpellier prévenir les de Fresne.

Minuit 1/2. — Bertha me croit endormie, et s'est glissée dans la chambre rouge tandis qu'à la lueur de notre petite lampe j'écris mon journal. La porte est entr'ouverte, j'entends Joscelyn qui ronfle près de la cheminée. Bertha, assise aux pieds du lit, a la tête dans ses mains.

Tout est calme..... et M. d'Aunel semble dormir.

2 heures. — Il y a eu un peu de délire... bien peu... Il a appelé d'une voix faible « *Berthe !... Berthe !* »

Etait-ce ma sœur, ou une autre qu'il appelait ainsi ?... Pourquoi serait-ce ma sœur ?...

Elle a regardé autour d'elle, d'un air effrayé, je n'ai pas bougé, ni Josce non plus. Alors elle s'est levée, et passant délicatement son bras sous l'oreiller, elle lui a fait boire une cuillerée de la potion calmante prescrite par M. Rivès. J'ai entendu qu'ils se parlaient à voix basse :

— Vous êtes un grand enfant, a murmuré Bertha avec une légère impatience. Si vous vous agitez ainsi, il n'y aura pas moyen de vous guérir... Fermez les yeux... voyons... et essayez de dormir.. Vous devez moins souffrir qu'hier...

— Je souffre affreusement, au contraire... j'ai la tête en feu, l'épaule brûlée... donnez-moi de l'eau froide, je vous en prie... ou je meurs.

Elle lui a présenté un demi verre d'eau préparée qu'il a bu avidement.

— Oh ! je mourrai bientôt, a-t-il repris d'un ton dolent. Je ne vous verrai plus...

— Non, rassurez-vous... la leçon est bien cruelle, j'en conviens, mais vous n'en mourrez point. Vous guérirez de toute façon... et vous aurez une charmante femme qui vous aime infiniment plus que vous ne le méritez.

M. Armand a répondu des mots sans suite ; puis, d'une voix lente et entrecoupée, il a essayé de chanter quelques phrases d'une chanson nègre. C'est le délire qui revenait.

Bertha, dont la figure m'apparaissait en pleine lumière, m'a semblé en ressentir une impression douloureuse, inexplicable, comme les derniers mots que je venais d'entendre ; elle a pressé son mouchoir sur ses yeux, j'ai compris qu'elle pleurait.

Enfin il s'est calmé, je crois qu'il dort. Joscelyn se réveille, et Bertha va revenir...

28 février. — Eugénie et son père sont arrivés depuis jeudi. L'approche du printemps accable toujours la marquise de si violentes suffocations qu'on n'a pu la décider à se mettre en route.

Nos chers voyageurs sont venus juste à temps pour apprendre de la bouche du docteur que M. d'Aunel était hors de danger. Il est encore bien malade, il est vrai, et sa convalescence sera fort longue ; mais on espère, dans quelques jours, pouvoir le transporter à Montpellier, à l'hôtel de Fresne, où ces dames le soigneront avec le dévouement le plus attentif et le plus généreux.

Eugénie a été émue, oh ! bien émue en revoyant son fiancé si pâle et si amaigri. Elle pouvait à peine retenir ses larmes. Lui, l'a reçue avec un petit air d'intéressante mélancolie, tout à fait drôle, s'il n'eût pas été si souffrant.

Ce bon M. de Fresne, qui n'a pas d'autres volontés que celles de sa fille, l'a laissée s'installer garde malade à notre place. Elle n'aura pas du reste grand'chose à faire, puisque deux domestiques sont à ses ordres, et que M. d'Aunel n'a plus besoin d'être veillé toute la nuit.

Par un caprice que je ne puis comprendre, Bertha ne vient qu'une fois par jour dans la chambre, demande des nouvelles et sort immédiatement.

4 *mars*. — J'ai beau essayer de creuser ma pensée, je ne puis m'expliquer ce qui vient de se passer ce soir. Le jour commençait à baisser, je suis entrée dans le petit salon de la chambre rouge, pour chercher mon ouvrage que j'y avais oublié. Bertha debout près de la chaise longue, où pour la première fois on avait étendu M. d'Aunel, parlait vite et avec une grande animation, mais si bas, que je ne pouvais rien entendre. Elle tournait le dos à la porte de l'alcôve restée entr'ouverte et sur le seuil de laquelle j'ai aperçu Eugénie immobile l'œil dilaté, le visage empreint d'une expression de colère et de douloureuse surprise.

M. Armand a serré la main de ma sœur, je crois même qu'il l'a baisée.

Eugénie a étouffé un léger cri et s'est appuyée tremblante sur les colonnes du lit.

— Ah ! c'est vous ? a dit Bertha en faisant deux pas en arrière, tandis qu'une rougeur ardente descendait de son front jusque sur son cou.

— Vous ne m'attendiez pas si tôt peut-être ? a répliqué Eugénie d'une voix haute et tremblée.

— Je regrette en effet que vous soyez venue *assez tôt* pour être témoin d'une conversation que vous n'avez pu bien saisir et dont les apparences vous abusent étrangement.

— Oh ! la misérable coquette !... La vérité est que je suis arrivée *trop tard*, mademoiselle, mais il est temps encore de réparer une erreur involontaire. Je vous cède mon fiancé... entièrement..., cela vous sera plus commode que de me le voler en détail, comme vous le faites depuis trois mois !

— Eugénie ! vous êtes folle..., s'est écrié M. d'Aunel, l'insulter ! elle qui m'a soigné, elle qui mériterait toute votre gratitude ?...

Vaincu par son état de faiblesse il est retombé épuisé sur les coussins de velours.

Le cœur me battait et des gouttes froides perlaient à mon front.

J'ai cru que Bertha allait s'emporter. Un instant ses mains se sont crispées, ses lèvres devenues blêmes ont frémi, comme si un combat terrible se livrait en elle; un combat dont presqu'immédiatement elle a été victorieuse. Sa tête s'est inclinée sur sa poitrine avec un profond soupir. puis se tournant vers Eugénie elle lui a dit simplement :

— Veuillez me suivre, mademoiselle, ce que j'ai à vous dire est tellement grave...

Elle a baissé la voix et je n'ai pas entendu le reste de la phrase.

— Vous êtes une noble créature ! a murmuré M. d'Annel.

Elles sont sorties et se sont dirigées du côté du vieux château.

Je suis sans doute trop enfant pour que Bertha me confie le secret de douleurs intimes qu'elle me juge d'ailleurs impuissante à consoler. Et cependant, je t'aime, ma sœur !... Qu'importe les apparences ?... je ne doute pas, moi !... je sais que tu es bonne et pure... je sens que quelque chose de triste..., d'irréparable peut-être, a gâté ta vie, et ne serais-tu pas ma sœur, je t'aimerais... parce que tu souffres !...

Dimanche 11. — On emmène M. d'Annel demain matin dans une berline à 4 chevaux. Un piqueur part en avant, pour préparer les relais, sur le parcours de la route, de Lunel à Montpellier. Depuis cette décision prise, Bertha m'a paru plus gaie que les jours précédents. Eugénie semble l'entourer de mille petites attentions délicates, qui me surprennent d'autant plus, qu'elles datent du soir même de l'explication qui a succédé à la scène de la chambre rouge.

En revenant du *vieux château*, Bertha était, calme, mais Eugénie avait beaucoup pleuré, elle a dû lui faire de sincères excuses; va-t-elle l'aimer plus que moi, maintenant ? Je lui ai avoué que j'étais un peu jalouse.

Elle a souri d'un sourire triste :

— Toi, chère petite, je te reverrai souvent, mais elle... qui sait ?

Et sa figure s'est assombrie.

Le lendemain matin. — Au moment de partir, Eugénie s'est jetée au cou de Bertha.

— Adieu !... Adieu !... lui a-t-elle crié avec des larmes.

Je ne sais pourquoi, cet adieu m'a fait mal au cœur. C'est « au revoir ! » qu'elle aurait dû dire et c'est « au revoir ! » qu'a exprimé M. d'Aunel, d'un air ému et sérieux, que j'ai de beaucoup préféré à ses jolies façons habituelles.

Papa a ouvert sa tabatière de la Régence, avec un parfait contentement; et se retournant vers ma tante du Garric :

— Que pensez-vous de cela, Claudine ? voilà, maintenant, des gens heureux... C'est comme pour moi. Le bonheur n'arrive pas sans peine.

Ma tante a hoché la tête sans répondre.

Avant de rentrer, nous avons regardé sur la route. La berline disparaissait dans un nuage de poussière.

— Enfin !... s'est écrié Philippe.

18 *Mars.* — Pendant les quelques jours qui ont suivi le départ de M. d'Aunel, Philippe a fort peu quitté la *Tour neuve.* Mais depuis jeudi dernier, il n'y vient pour ainsi dire plus. Il passe ses journées entières à la

chasse, ou seul, enfermé dans sa chambre.

— Ma pauvre Margot, viens distraire Philippe, me dit tristement tante Claudine ; et je cours à la ferme sans le moindre petit succès, hélas !

Il a beaucoup maigri, mon cher Philippe, et son visage fatigué prend une expression douloureuse qui me navre.

Bertha est dure pour lui, et lui semble la fuir, mais il faut qu'elle soit de bronze pour ne pas comprendre qu'il l'aime de tout son cœur...

Moi qui devine si peu de choses, il me semble que je le vois... il me semble surtout que je le sens...

Où trouvera-t-elle un mari supérieur à Philippe ? Quand je lui dis cela, elle sourit mystérieusement :

— A chacun sa destinée, murmura-t-elle à mon oreille; la mienne est bien loin, bien loin du Garric; et la tienne, est d'y admirer Philippe toute ta vie !

Elle se moque de moi, ma sœur. Certes ! je n'admire pas mon cousin, plus qu'il ne le mérite, mais il est mon ami d'enfance, presque mon frère, et je ne puis pas... non, véritablement, je ne puis pas le voir souffrir !

21 mars. — Ce soir, en traversant le *vieux château* pour y chercher Bertha, que je ne trouvais pas dans sa chambre, il m'a semblé entendre un bruit de voix très-faible mais

distinct, partant de l'ancienne bibliothèque.
La nuit venait et les quelques rayons qui se
faisaient jour par les châssis des vitres cas-
sées, m'environnaient d'une lueur pâle et
tremblante, tandis qu'autour de moi les coins
étaient pleins d'ombres. C'est désolant, mais
je ne suis pas plus brave que Josce, je n'osais
ni avancer, ni reculer.

— Bertha !... Bertha !... criai-je en étouf-
fant ma voix avec mes deux mains, où es-tu ?
j'ai peur !...

— Je suis là, ma chère, entre donc.

Elle était là, en effet, furetant dans les
vieux placards déboisés, à l'aide d'une mauvaise petite lampe.

— Tu n'as donc pas entendu la cloche du
souper ?

— Mais non ! j'étais venue, en me prome-
nant, et je regardais si papa n'avait pas oublié là, quelques antiquités à mettre dans son
écrin.

— Comment es-tu seule ? j'avais cependant entendu deux voix; avec qui étais-tu
donc ?

— Avec moi, parbleu ! avec qui veux-tu
que je cause ici ? je parlais toute seule, voilà
tout.

— Je suis sûre pourtant...

— Tu es folle, ma petite ! c'est la peur qui
t'a saisie et tes oreilles qui auront tinté. Qu'est-
ce que c'est que cela ? a-t-elle ajouté en me

désignant un objet couvert de poussière et de toiles d'araignées.

— Cela ? mais c'est un damier.

— Tiens ! c'est vrai ! c'est que je suis si petite !

Elle s'est haussée sur la pointe des pieds et a regardé attentivement ; puis elle a dit :

— Puisque papa a fendu son damier en le jetant à terre, il faut lui porter celui-ci pour la partie de ce soir.

— Garde-t-en bien ! Ce qui est dans le vieux château doit y rester toujours ; ce sont, ou des souvenirs prohibés, ou des choses auxquelles il est défendu de toucher.

— Et ce damier ?

J'hésitai à répondre, un vague souvenir lointain me revenait à l'esprit.

Elle réitéra sa question.

— Eh bien ! ce damier est dans les prohibitions, je crois...

— Ah !... Ah !... vraiment ? s'est-elle écriée avec ce petit rire amer qui lui est familier.

Un pas lent et comme soupçonneux s'est fait entendre le long de la galerie.

— Viens vite !... viens !... sauvons-nous !...

Et saisie d'une terreur inexplicable, elle m'entraînait du côté opposé, quand une voix bien connue nous a arrêtées en route. Bertha s'est retournée un peu confuse. Il y avait bien de quoi !

— Mesdemoiselles! Mesdemoiselles!... disait la voix.

— Ah! c'est toi, Joscelyn? tu peux te vanter de nous avoir fait une peur!...

— Il faut nécessairement que ces demoiselles *m'ayent* pris pour le revenant, quand la nuit tombe, *c'est sa bonne heure* pour apparaître!

— Est-il donc si tard que cela?

— Dame!... le souper a sonné et la répétition de la cloche aussi, or, nécessairement, comme M. le baron n'aime pas à attendre....

— Tu es venu nous chercher,.... courageusement.... c'est bon, nous allons te suivre, pour que tu ne *soyes* pas obligé de t'en retourner seul.

— Mais il me semble que ce soir tu n'as rien à lui reprocher?

— C'est vrai, m'a répondu Bertha très-humiliée j'en suis sûre; je ne suis pas peureuse d'ordinaire.... c'est tout-à-fait nerveux ce soir.

Derniers jours de mars. — Ce n'est plus Philippe qui m'inquiète maintenant, c'est ma sœur. Lui est calme, ou du moins il tâche de le paraître, tandis qu'elle est parfois dans une agitation extrême ou dans un accablement presque désespéré, hélas! et nous devrions être si heureux, pourtant!....

Hier elle a éreinté Cadi dans une course furieuse au bord de la mer. Depuis ce matin, elle s'est enfermée à clef dans sa chambre, et n'a voulu prendre aucune nourriture.

10 *heures du soir*. — Enfin ! elle m'a ouvert.... Elle était à peine vêtue ; ses beaux cheveux retombaient en mèches débouclées sur ses joues marbrées et luisantes, comme lorsqu'on a beaucoup pleuré.

— Oh ! Bertha ! lui ai-je dit en baisant ses grands yeux pâles. Quel chagrin nous caches-tu depuis cinq mois ? Suis-je donc à tes yeux, trop ignorante de la vie pour comprendre ce que tu souffres ?.... Et ne sens-tu pas combien je voudrais pouvoir te consoler ?

— Chère petite !

Elle a essayé de sourire et se levant elle s'est mise à réparer devant la glace le désordre de sa toilette.

— Tout cela, vois-tu, a-t-elle ajouté, sans me regarder en face, est beaucoup moins moral que physique, c'est une maladie nerveuse.

— Toujours ! toujours les nerfs ! ...

Et j'ai fait un geste de suprême dénégation.

— Mais oui.... certainement.... les chaleurs du Brésil ; ... la cuisine du couvent.... les émotions de mon retour, que sais-je encore ? .... m'ont occasionné des douleurs aiguës d'estomac et de tête qui reviennent à chaque instant, et.... Mais qu'as-tu donc ?

J'étais comme hors de moi-même.

— Je ne te crois pas.... je ne te crois pas ! dis-je avec des sanglots.

Elle n'a rien répondu, et m'a serrée étroitement sur son cœur.

Après cette étreinte presque convulsive, elle
s'est laissée tomber dans un fauteuil, et sa petite tête brune s'est penchée sur sa poitrine.
Il y avait à ses pieds un coussin en tapisserie;
je m'y suis agenouillée.

— Je t'en supplie ! ai-je balbutié en joignant les mains, je t'en supplie ! dis-moi ton
secret, dis-moi ce qui te fait souffrir ?.... Aie
confiance, je ne suis plus une enfant et je peux
te comprendre.... Je te jure que je te comprends !

Elle a eu quelques secondes d'hésitation
douloureuse. Les muscles de son cou se gon-
fiaient, et ses lèvres avaient des frémissements
auxquels j'étais comme suspendue.

— Ce n'est rien, ma pauvre Marguerite,
m'a-t-elle dit avec effort, ce n'est rien je t'assure;
avec le temps cela se passera ; je n'ai pas de
secret, ma chère, du moins qui m'appartienne
et que je puisse dire.... n'en parlons plus, je te
prie ; cela me rend malade...

J'ai soupiré, comme je soupire encore, avec
un profond découragement. J'étais comme un
aveugle qui n'aurait aperçu la lumière que
pour être replongé plus avant dans sa nuit.

Me sentant très-lasse j'ai fermé les yeux, et
caché ma figure dans ses genoux.

Elle est restée longtemps sans parler, rêvant sans doute à tout ce qu'elle ne me disait
pas; puis tout à coup sans raison apparente

elle m'a soulevé la tête et repoussée dure-
ment.

— Va-t-en ! a-t-elle murmuré d'un air de
dégoût.

J'ai cru qu'elle devenait folle.

— Je te dis de t'en aller.... je n'aime pas
tes cheveux !...

Puis comme je la regardais effarée, elle s'est
mise à rire.

— Oh ! tu me désoles !...

Et je me suis dirigée en pleurant vers la
porte. Comme je l'ouvrais, elle s'est levée vivement, et paraissant revenir à elle-même elle
a passé son bras autour de ma taille.

— Reste, je t'en prie.... je ne voulais pas te
faire de la peine.... Qui donc t'a si mal coif-
fée?... Si tu veux je te peignerai demain matin...
Tu me pardonnes, Marguerite ? a-t-elle ajouté
en m'embrassant.

J'allais répondre quand papa est rentré
pour avoir des nouvelles. Il lui portait —
renfermant les dragées calmantes du docteur
Rivès — une bonbonnière en écaille blonde
dont le couvercle représentait, gravé sur émail,
un groupe délicieux de la famille royale à
la Conciergerie.

Bertha a regardé un peu étonnée d'abord....
puis, cédant à une impression nouvelle, elle a
porté avec passion la bonbonnière à ses lèvres.

Qui pourrait peindre le ravissement de
papa?....

Ce ravissement a été cause d'un bon nombre de drôleries que notre père a spirituellement contées ce soir, — bien que je n'y aie pas compris grand'chose, — si ce n'est qu'elles ont fort égayé les quelques convives que nous avions à souper.

M. le curé a beaucoup causé avec Bertha qui, par une réaction habituelle à son caractère, s'est montrée tout à coup étincelante de gaieté. Mais Philippe était sérieux, et je ne riais que du bout des lèvres. Je songeais à ces arcs-en-ciel, qui ne succèdent à un orage que pour en précéder un autre, parfois plus terrible... et j'ai peur!... Je suis si peu brave !....

2 avril. — Grâces à Dieu! le beau temps se maintient et les journées se passent tranquilles à la *Tour-Neuve.* Bertha se trouve bien du traitement anti-nerveux que le docteur lui a ordonné. Philippe n'engraisse pas, mais il est plus calme, et les parties de dames vont leur train.

M. d'Aunel commence à marcher et à se servir de son bras gauche. Eugénie m'écrit qu'il est très-reconnaissant et « mélancoliquement doux », c'est son expression; elle me semble bonne. Jusqu'à Brunswick qui paraît à peu près réconcilié avec la présence de Bertha, et ne nous réveille plus par ses aboiements nocturnes.

Pourquoi faut-il qu'à ce concert il y ait une note légèrement dissonnante ?

Hier tante Claudine a porté à ma sœur une assez jolie édition de *Clarisse Harlowe*, un roman anglais, dont on a beaucoup parlé il y a quelques années.

— Ce livre doit être à toi, lui a-t-elle dit avec une indifférence affectée, et tu l'auras sans doute oublié à la ferme autrefois ?

En prenant le livre Bertha a soudainement rougi, et l'a jeté sur la table du milieu, puis d'un ton très-sec :

— Vous vous trompez, ma tante, je ne sais à qui appartient ce roman, mais vous ferez mieux de le mettre au feu, pour ne pas exposer Marguerite à la tentation de lire quelque chose d'aussi malsain.

— Oh ! il n'y a pas à craindre que Marguerite lise d'elle même un mauvais livre, elle a appris de bonne heure à ne suivre que les bons conseils de ses parents et à n'avoir recours qu'à eux pour choisir ses lectures.

Un sourire mortifiant à l'adresse de Bertha accompagnait cette phrase, qui m'a mise au supplice .... Aussi me suis-je empressée d'affirmer que si je n'avais été prévenue à temps, j'aurais certainement lu *Clarisse Harlowe*, depuis la première page jusqu'à la dernière.

Au fond tante Claudine est inquiète et très-triste. Sa froideur pour Bertha est vraiment désespérante.

Je crois en deviner la cause.

Je me rappelle avoir lu dans mon histoire

d'Angleterre ce mot de Richard III : « Un cheval ! mon royaume pour un cheval ! » Et moi je crie : Leur bonheur ! mon bonheur, pour leur bonheur !

Si Bertha épousait Philippe, tante Claudine ne serait plus triste. Mon père se réjouirait, et Philippe serait heureux ...... Moi aussi sans doute, puisque leur joie est toujours la mienne.

Ah ! mon Dieu ! je vous prie, faites que ma sœur soit la femme aimée de Philippe, puisque cela doit être pour notre bonheur à... *tous*.

(*Le dernier mot du journal de Marguerite avait été d'abord effacé, puis remis courageusement.*)

X

MÈRE ET FILS

Un lit en noyer, des rideaux de linon vert aux fenêtres, un prie-Dieu de forme ancienne, un bahut, deux fauteuils usés et des chaises de paille ; tel était dans son ensemble l'ameublement de la chambre de Mme Claudine du Garric, dans sa propriété de *la Ferme*.

Cette chambre était simple et austère, comme les goûts et la vie de celle qui l'habitait. Elle était située au rez-de-chaussée, et donnait sur la campagne.

Un grand christ d'ivoire admirablement découpé sur fond de marbre, était peut-être le seul objet de luxe que Mme Claudine se fût permis.

Il y avait bien aussi le portrait en pied de Robert du Garric, en costume de cour, mais le pauvre chevalier étant presque aussi laid que son frère le baron avait été beau, ne pouvait passer pour un objet de luxe.

Aux yeux de sa veuve il était bien plus que cela : il était l'image du grand seigneur, de l'honnête homme chevaleresque et généreux à qui son père mourant l'avait confiée. Il lui rappelait celui qui l'avait le plus aimée et protégée, elle sans famille et sans protection, celui qui lui avait donné son nom, à elle sans fortune et sans noblesse.

Humble et grande comme ces matrones des premiers siècles, qui, libres et veuves continuaient à vivre à l'ombre du devoir et de l'isolement, Mme du Garric n'avait jamais songé qu'il pût exister pour elle un bonheur autre que celui de guider le fils dans la voie souhaitée par le père, et de vivre seule concentrée dans son œuvre et dans le souvenir fervent du passé.

Elle oubliait volontiers qu'elle avait été belle et qu'elle l'était encore, de cette beauté sereine que donne à l'âge mûr le calme d'une vie sans tache.

Certes, elle avait admirablement réussi. Le fils avait marché sur les traces du père et après de courageuses séparations, il était revenu rapportant à sa mère l'âme droite et pure qu'elle avait formée à l'image de la sienne et dans laquelle elle pouvait encore se regarder.

Or voilà qu'après 26 ans de patience et d'amour infini, quand l'œuvre était complète, que dans le secret de son cœur la compagne de Philippe était choisie, voilà que celle qu'on croyait morte revient on ne sait d'où, rêvant Dieu sait quelles aventures ? et plus extravagante que jamais, se drape dans son mystère comme dans une seconde beauté, se servant de toute cette étrangeté de mauvais aloi pour semer dans la famille, paisible avant son retour, des troubles incessants et mettre dans le cœur de son Philippe, dans le cœur de l'enfant chéri et privilégié, un rêve fou, dont l'aiguillon envenimé était entré si profondément déjà qu'elle sentait toute sa force maternelle impuissante à l'en arracher.

Comme toutes les femmes qui ont souffert jeunes et vieillies ensuite loin du monde, Mme du Garric était non-seulement peu tolérante, mais dure même pour ceux qui commettaient la plus petite infraction à l'austère morale dont elle ne s'était jamais départie ; — cela très-innocemment et presque sans s'en douter. Si on lui eût fait comprendre que ses observations étaient loin d'égaler en miséricorde les préceptes de l'Evangile, elle eût été sincèrement désolée et se fût punie elle-même de son manque de charité chrétienne.

Pleine de finesse et de pénétration pour

*

tout ce qui touchait à ses affections intimes, elle avait lu très-clairement dans le cœur de Philippe, et était restée aussi triste qu'effrayée de ce qu'elle y avait lu. De là cette répulsion instinctive, peut-être injuste, pour celle de qui lui venait sa seule, sa plus cruelle souffrance de mère. Elle sentait que pour le moment le mal était sans remède, car de ses réflexions sur Bertha il était résulté : d'abord un soupçon qui avait trait à quelque souvenir intime du passé, ensuite cette résolution bien arrêtée : qu'une jeune fille n'ayant aucune raison assez sérieuse, assez péremptoire pour motiver une absence de sept années loin de son pays et de sa famille, ne serait jamais la femme de son fils.

C'est ce que Mme Claudine du Garric venait d'exprimer doucement mais avec une sorte de fermeté triste à Philippe qui se promenait dans sa chambre, les traits animés et contractés par la violence qu'il se faisait pour ne pas laisser déborder l'amertume amassée depuis trois mois.

Madame du Garric étant naturellement froide et concentrée, avait élevé son fils dans cette même réserve silencieuse. Ils se devinaient sans parler avec cet instinct du cœur qui se trompe rarement.

Cependant la pénétration maternelle se trouvait cette fois légèrement en défaut.

— Il ne s'agit plus d'épouser Bertha, dit

Philippe d'une voix brève, puisqu'elle ne m'aime pas, puisqu'elle m'a nettement refusé.

— Refusé ? toi ?... la folle !... s'écria Mme Claudine, blessée dans son orgueil de mère. Et pour quelles raisons, je te prie ?

— Mon Dieu ! maman, je viens de te le dire parce qu'elle ne m'aime pas... et pour d'autres raisons connues d'elle seule.

— Ah ! vraiment ? Eh bien ! pour ces raisons.... connues.... d'elle seule.... articula froidement Mme du Garric, elle a fort bien fait de te refuser car je te jure que je n'y eusse jamais consenti.... jamais.

Et avec un imperceptible sentiment de vengeance, elle se mit à énumérer les défauts apparents de sa nièce, jetant sur son passé le doute le plus sévère. Mais elle s'arrêta brusquement devant la figure bouleversée de Philippe.

— Tais-toi, ma mère, je t'en prie.... lui dit-il les dents serrées. Et prenant l'ouvrage qu'elle avait déposé sur le rebord de la chaise basse qui lui servait de tabouret il le froissa convulsivement dans sa main.

Une aiguille effilée lui entra dans les chairs le sang jaillit et fit diversion. La mère noua son mouchoir autour de la main de son fils, et le faisant asseoir sur la chaise basse comme lorsqu'il était petit enfant, elle entoura sa tête de ses deux bras et l'inclina sur ses genoux, pour qu'il ne vît pas les larmes qu'elle s'efforçait de contenir.

Tous les deux avaient cette pudeur des sanglots qui fait se contraindre jusqu'au stoïcisme tant que la volonté physique peut agir.

Pour Philippe l'heure de faiblesse était passée d'ailleurs.

— Il y a un mystère dans la vie de Bertha, dit-il après un moment de silence ; un mystère dont la source remonte peut-être à son enfance... à son éducation...., un peu trop libre ; ce mystère nous échappe et se continue au-delà des mers. Pour en suivre la trace je voudrais être tout-à-fait sûr d'une chose : a-t-elle été oui ou non religieuse ?

Mme du Garric se contenta de sourire.

— Ah ! mère, tu ne crois pas au couvent ? pas plus que moi qui donnerais la moitié de ma vie pour y croire ? J'ai beau me torturer l'esprit, je ne peux pas me la représenter en cornette et en voile noir ; ce conte absurde a-t-il jamais existé ?... Qui pourrait le dire ?... Il y a des heures où je ne sais plus si je l'aime ou si je la hais,... sa conduite, ainsi envers moi... envers nous tous... c'est une cruauté !

— Oui, mais peut-être est-ce un voile qu'elle jette sur un temps de sa vie qu'il serait aussi cruel pour elle que nous sachions....

— N'importe ! il faut que je sache, moi, dussé-je y perdre mes plus chères illusions, et comme il faut que je sache, je veux chercher, sans indices, en dépit de tous les obstacles, et s'il plaît à Dieu je trouverai, je te le jure !

— C'est l'obstination de son père ! dit-elle en soupirant.

— Mais, enfin, qu'en penses-tu, toi, ma mère ?

— Je pense que lorsque tu étais à peine en rhétorique, et Marguerite aux Ursulines de Montpellier, Mlle Bertha lisait nuit et jour les romans de sa mère, et de la tante d'Espars sans compter bien d'autres qu'elle nous cachait. Cette lecture a dû la mener loin, la malheureuse !

... Et Mme Claudine baissa les yeux pour réprimer la lueur subite qui les avait traversés.

Philippe avait saisi le regard au vol.

— Tu as trouvé ? fit-il avidement.

— Mon Dieu ! non ! répondit-elle avec beaucoup de naturel, jugeant qu'il valait mieux ne pas lui avouer encore l'idée, très-douteuse d'ailleurs, qui a deux reprises différentes lui avait traversé l'esprit.

Il se leva et arpenta la chambre de nouveau, à pas précipités.

— Alors ma mère, reprit-il en s'arrêtant en face d'elle, ma résolution est arrêtée, je partirai.

— Et où iras-tu, mon pauvre enfant ? s'écria Mme du Garric non sans une secrète terreur.

— A Madrid d'abord, à San-Francisco ensuite.

— Mais si tu essayais d'écrire aux deux couvents avant de prendre un parti définitif ?

— Crois-tu que je ne l'aie pas déjà fait ?

— Eh bien ?

— Eh bien ! je n'ai jamais reçu de réponse.

— Le facteur est payé, sans doute, pensa Mme du Garric. Il n'en est pas moins vrai que ce voyage est une folie.

— C'est une résolution, maman ! répliqua fermement Philippe.

Elle courba la tête sans répondre, elle sentait que toute lutte était désormais inutile et ne servirait qu'à rendre plus amère la crise qu'il lui fallait traverser.

XI

A TRAVERS L'ORAGE

— Mon cousin, voulez-vous me prêter Cadi, pour une heure seulement ? dit une voix de femme qui le fit tressaillir.

Et la tête brune de Bertha se pencha à l'intérieur sur l'appui de la croisée devant laquelle Philippe du Garric se tenait debout.

— Cadi est toujours à votre disposition, ma cousine ; si vous m'aviez prévenu à temps, je vous l'aurais envoyé tout prêt au château ; mais je ne pensais pas que vous en auriez besoin à cette heure.

Il appuya sur ces derniers mots.

— Je vous le répète, ajouta-t-il avec un sourire forcé, Cadi est à vos ordres avant d'être à ceux de son maître.

Il était avéré cependant que, depuis quelques jours, Philippe avait ôté insensiblement à sa cousine la libre disposition de son cheval de selle.

Mme du Garric avait repris son ouvrage.

— Si tu voulais entrer, Bertha ? fit-elle sans lever les yeux.

— Ah ! pardon, ma tante, je ne vous voyais pas.

Et sans attendre la main qu'on lui tendait, elle grimpa sur la croisée et sauta dans l'appartement.

Elle portait la robe de cheval en drap scabieuse qu'elle ne quittait presque jamais, ce qui n'était pas la moindre de ses singularités.

En fait de singularités, on lui en reprochait beaucoup.

Mais ce qui portait au plus haut point l'indignation de sa tante, c'était deux longues nattes de cheveux qui, en dépit de la mode écourtée et frisée des « merveilleuses » sous le Consulat, retombaient en liberté sur ses épaules dessinant la courbe du cou et la cambrure harmonieuse des reins.

Ces deux tresses brunes étaient, avec ses yeux verts et sa mise originale, sa plus grande séduction.

Pour Mme du Garric, deux tresses, flottant

sur un costume de cheval, n'étaient qu'une excentricité blâmable. Pour Philippe cette *excentricité blâmable* était une poésie.

Or, c'était un poète qui l'avait aimée, ne songeant pas, dans l'exaltation de ce sentiment, que l'imagination y avait peut-être une part plus grande que le cœur. Sa mère, comme toutes les natures simples et vraies, avait horreur de tout ce qui lui semblait excentrique.

— Tu as toujours des coiffures de l'autre monde, ma pauvre Bertha! ne put-elle s'empêcher de dire, non sans un sourire de pitié.

Bertha était décidée à être gracieuse.

— Mon Dieu! ma tante, répliqua-t-elle, cette coiffure m'est infiniment plus commode, voilà tout! Cependant si elle vous déplaît... par trop... je la changerais.

— Je ne dis pas cela; je ne suis pas obligée de surveiller ta toilette, Dieu merci! mais, dans ton intérêt, avec le nom que tu portes et le bruit qui s'est fait autour de toi, il me semble que rien dans tes vêtements ni dans ton attitude ne devrait attirer les regards, surtout quand on a le malheur d'avoir une pareille physionomie!

Bertha qui avait écouté avec une soumission silencieuse, sentit que la patience allait lui échapper.

— Voulez-vous me faire seller Cadi, mon cousin! dit-elle pour la seconde fois, en se

tournant vers Philippe, qui, toujours appuyé
sur la croisée, le front dans ses mains, semblait étranger à la conversation.

Il la regarda avec inquiétude :

— Il est bien tard pour aller vous promener seule, et je vous demanderai la permission
de vous accompagner.

— Entre nous, ajouta Mme du Garric en
soulignant ses paroles, je t'avouerai que tes
courses folles à cheval sont dans tout le pays
du plus mauvais effet.

Bertha était à bout d'efforts.

— Epargnez-moi vos critiques, ma tante...,
je vous en prie... Je vous sais gré de vos bonnes intentions, mon cousin, mais pour ce soir
vous me permettrez de refuser le plaisir de
votre compagnie ; j'ai beaucoup à penser,
à réfléchir et je me sens peu communi-
cative. Dans une heure je vous ramènerai
Cadi, je vous l'assure, Philippe... ajouta-t-
elle avec une instance qui augmenta l'inquiétude de ce dernier.

— Je suis désolé de vous refuser, dit-il
très-vite, en la voyant jeter un coup d'œil impatient vers la pendule.

— Parce que ?.... interrogea-t-elle irritée.

— Parce que je ne me soucie pas de favori-
ser vos rencontres avec M. d'Aunel ou n'importe quel autre que vous honorez de votre
confiance.

— Philippe a raison, en ce qui concerne tes

courses, seule, à cheval ; cette liberté d'allure jointe au mystère qui en dépit de tes dénégations entoure les sept années que tu as passées loin de nous, ne peuvent convenir à une jeune fille de ton rang. Si ta pauvre mère eût vécu, elle n'eût pas toléré de semblables choses.... et certes !...

— Assez! interrompit Bertha en relevant son visage, que jusqu'à ces derniers mots elle avait tenu baissé sur sa poitrine. Assez.... car vous me rendriez folle, à la fin !.... Vous oubliez, ma tante, que je suis d'âge à savoir me conduire. Et vous, Philippe, il faut que vous n'ayez ni cœur ni conscience pour me torturer de la sorte depuis trois mois ? Vous êtes tous animés contre moi de misérable curiosité.... oui.... de misérable curiosité.... Vous ne voulez qu'une chose.... Savoir !... Peu vous importe que sous ce que vous appelez mes excentricités de mauvais aloi, il se cache des douleurs muettes.... des regrets profonds.... inguérissables... Qu'est-ce que cela vous fait, que je souffre, moi ?.... pourvu que vous sachiez.... Pourvu que vous sachiez! répéta-t-elle avec une sorte de mépris furieux.

— Vous n'êtes vraiment pas dans votre bon sens, ma chère !

— Laisse-la parler, maman, elle comprendra d'elle-même l'injustice de ses paroles.

— Bertha, ajouta-t-il d'une voix très-altérée, un obstacle est entre vous et moi, vous me l'avez dit, vous savez de quelle nature est cet obstacle qui nous sépare. N'est-il pas juste que je le connaisse à mon tour? Vous savez que je vous aime... et vous profitez de cette faiblesse de cœur pour marcher obstinément dans cette voie double que vous vous êtes tracée pour me tromper, comme vous trompez sans remords ceux qui vous affectionnent pardessus tout; pour nous accuser de misérable curiosité, quand vous devriez vous accuser vous-même de fausseté misérable!...

Elle se retourna vers lui, furieuse et, faisant tournoyer dans l'air sa chevelure tressée, elle lui en cingla le visage.

Un éclair jaillit de la prunelle froide de Mme du Garric, elle allait parler, mais elle se contint.

Quoique élevé à la campagne, Philippe était assez galant homme pour ne pas qualifier d'injure un soufflet de cheveux de femme.

Il voulut en sourire.

— Pardieu! ma cousine, dit-il, il paraît que, dans les couvents, on ne se gêne guère pour apprendre à trouver dans ses avantages personnels de fort jolis moyens de correction?

Bertha reçut le sarcasme en pleine poitrine sans sourciller.

— Et vous dites que vous m'aimez? reprit-elle de ce même ton méprisant dont elle semblait écraser la mère et le fils; vous dites que vous m'aimez et, par vos doutes insultants, vous me blessez dans tout ce que j'ai de plus cher, dans mon honneur de femme pure; au lieu d'attendre et de souffrir pour moi, vous m'infligez la torture d'un espionnage qui voudrait découvrir jusqu'à mes plus secrètes pensées? De quelle affection puis-je m'enorgueillir, dites? Sur quel amour puis-je compter?... Sur le vôtre, qui doutez de moi?... Sur celui de Marguerite, qui va comprendre que je suis venue lui ravir son bonheur?... Sur celui de mon père? Je vous en ferai juges le jour où je n'obéirai plus à ses moindres caprices, le jour où je ne serai plus pour lui un objet d'orgueil et de vanité!... Ah! je dois être fière de votre tendresse, vous, ma tante, qui, à l'heure même où je vous parle, préféreriez me voir morte qu'être la femme de votre fils!...

Et cachant son visage dans ses deux mains elle pleura amèrement.

Madame du Garric se leva, elle était émue et le laissait voir.

— Tu n'es pas raisonnable, ma pauvre enfant, lui dit-elle, je te plains sincèrement, et je t'aimerais sans doute davantage si tu voulais nous confier tes chagrins. Il y a peut-être au fond de nos cœurs plus d'indulgence que tu ne le supposes. Voyons! un seul effort de bonne volonté!... il est si doux d'avoir confiance!... Assieds-toi là près de moi, veux-tu ?

Philippe avança un fauteuil avec empressement; mais elle les repoussa du geste, cette insistance l'exaspérait.

— Laissez-moi, laissez-moi !... je ne dirai rien... j'ai fait serment de me taire et vous n'obtiendrez plus un mot... Ne comprenez-vous donc pas que si je parlais vous me demanderiez si je ne suis pas folle d'être revenue ?... que si je parlais vous me repousse-riez tous... bien loin... et sans pitié ? Vous la première, ma tante, qui promettez votre indul-gence, sans connaître seulement la valeur de ce mot !... Oh ! je n'attendrai pas qu'on me chasse ! je vous jure que je ne l'attendrai pas !

Elle fit quelques pas pour sortir mais Phi-lippe lui barrait le passage. Elle s'arrêta de-vant lui, et le regarda avec égarement.

— Si ma pauvre mère eût vécu, reprit-elle d'une voix brisée, elle aurait compris, souf-fert avec moi... pardonné peut-être... tandis que vous ?... Je vous déteste ! ajouta-t-elle brusquement.

Et relevant sa longue jupe elle enjamba de nouveau la croisée.

— Il faut que je sache ! murmura Philippe du ton d'un homme qui ne se rend pas bien compte de ce qu'il dit. Prenant son chapeau sur un guéridon il sortit sans regarder sa mère, et rejoignit Bertha sur le chemin de l'Oseraie.

Mme du Garric les suivit longtemps des

yeux, puis son regard s'arrêta sur le portrait
en pied du chevalier Robert, et deux grosses
larmes descendirent lentement sur ses joues.
Après un instant de muettes réflexions elle
s'agenouilla sur son prie-Dieu, paraphrasant
ce passage de l'Evangile : « Seigneur ! Seigneur ! sauvez-nous, nous périssons. »

Et la pauvre mère remit entre les mains
divines la barque de son fils, que, seule, elle
ne pouvait guider à travers le plus fort des
orages : celui du cœur !

Sur le chemin poudreux, où passaient encore quelques chars attardés, Bertha marchait à
côté de Philippe, sans lui adresser une parole.

Cette situation devenant de plus en plus
embarrassante, le jeune homme se décida à
parler le premier :

— J'ai pensé, lui dit-il, que vous seriez fatigué et que vous auriez besoin d'un appui
pour monter la côte?

Elle le regarda froidement :

— Je vous remercie, Philippe, je ne suis
pas lasse du tout, et à cause de ma robe qui
traîne...

— A cause de votre robe qui traîne, vous
refusez mon bras?

Elle fit un signe affirmatif.

— Si vous ne voulez pas que je vous accompagne, reprit-il les dents serrées, dites-le ?

— Mon Dieu ! je veux bien... si cela peut vous faire plaisir !

Elle avait gardé le même ton d'indifférence.

Ils marchèrent côte à côte, de nouveau silencieusement. Il était sept heures du soir, le jour baissait de plus en plus et les fenêtres de la *Tour neuve* commençaient à s'éclairer.

Au dernier tournant Bertha s'arrêta.

— Bonsoir, mon cousin, fit-elle avec un léger salut ; je suis presque arrivée, maintenant, et vous aurez tout juste le temps de redescendre... à moins que vous ne vouliez souper avec nous ?

Sur un geste négatif elle allait presser le pas, lorsque la main de Philippe s'abattit sur son épaule avec une telle force que toute sa petite personne en fut ébranlée.

— Vous me faites mal ! dit-elle en essayant de se dégager.

Mais la main qui l'étreignait semblait de fer.

Elle tressaillit et regarda autour d'elle ; elle était bien seule ; il faisait sombre, et l'air était si doux que pas une feuille d'arbre ne bougeait.

— Enfin, que me voulez-vous, mon cousin ? reprit elle presque timidement.

— Vous avez été assez insensée pour me dire, devant ma mère, que vous me détestiez, répondit Philippe en maîtrisant le plus possi-

ble le son de sa voix, et vous me demandez ce
que je veux ? Je veux une explication... je la
veux complète et immédiate... Prenez mon
bras, nous rentrerons par le parc.

— Cela, non... je ne veux pas aller plus
loin avec vous.

— Eh bien ! soit. Vous parlerez ici, alors.

— Toujours... toujours cette curiosité
cruelle... mais c'est désespérant, Philippe?...

— C'est désespérant! Qu'importe! vous vous
êtes révoltée, je me suis révolté.... Je suis
las de souffrir, moi aussi... las d'attendre
l'heure indéterminée qui me vaudra votre confiance... Pensez-vous qu'il n'y ait dans cette
poitrine d'homme que le cœur d'un enfant ?
ou que je sois encore ce poëte timide et gauche dont vous lisiez les vers sous le chêne renversé de la route d'Aigues-Mortes ?... Périsse
ma timidité d'alors, je la foule aux pieds, ce
soir... Et je vous en avertis... je suis à bout de
patience... Veuillez répondre d'abord à cette
seule question la plus importante pour moi :
avez-vous été religieuse, oui ou non ?

— Oui et non, répondit-elle.

— Ainsi, c'est donc un parti pris ! Vous
garderez cet obstiné silence qui me rend fou ?...

Depuis quelques instants, Bertha semblait absorbée dans une muette contemplation.

— Ah! tenez! reprit Philippe, tremblant
de colère, je me sens si peu de raison à cette

heure, que je serais presque tenté de m'enfuir...
comprenez-vous ?...

Mais Bertha ne semblait pas comprendre
l'orage amassé dans le cœur du jeune homme;
elle restait devant lui immobile et quelque
chose comme un vague sourire errait sur ses
lèvres entr'ouvertes.

Philippe vit le sourire mais n'en saisit pas
l'expression.

— Elle se moque de moi ! pensa-t-il.

Et une rage sourde s'empara de lui.

Bertha continuait de sourire.

— Parlerez-vous, malheureuse! Parlerez-
vous, à la fin ?...

Ne se contenant plus, il lui secoua si violemment les deux bras que les nerfs frêles ren-
dirent un petit bruit sec suivi d'un gémisse-
ment étouffé.

Il se recula involontairement.

— Pardon ! murmura-t-il d'un air sombre.

Elle se rapprocha de lui et reprit son bras
comme si rien ne s'était passé, puis se tournant
vers son visage, elle le regarda avec des yeux
souriants et si doux qu'ils semblaient noyés
dans un flot de tendresse.

Le pauvre Philippe en eut un éblouissement.

— Pourquoi me regardez-vous ainsi? lui
dit-il.

— Parce que je vous trouve beau !

Elle parlait sincèrement, il n'y avait pas à
s'y tromper.

— Mais alors ?... mais alors ?... interrogea le jeune homme avec un violent battement de cœur.

— Alors..... rentrons par le parc, voulez-vous ?

Et relevant sa longue jupe, elle l'entraîna à pas inégaux et précipités, elle parlait comme quelqu'un qui rêve.

— Je me suis trompée de voie, disait-elle. Hélas ! oui..., je me suis trompée... Que faire maintenant ?... M'est-il permis de rebrousser chemin ?... je ne le crois pas..., je ne le voudrais pas moi-même.... A quoi bon d'ailleurs ?... puisque le bonheur entrevu n'est plus possible ?... puisque Marguerite est là... et puisqu'il est trop tard....

Voyez-vous, Philippe, ma destinée est faite, et j'ai bien voulu qu'il en fût ainsi.... Autrefois il eût été temps encore, mais vous étiez trop jeune et je ne vous ai pas deviné... Je n'ai pas deviné ce cœur vaillant. Et pourtant le bonheur était là, au Garric..., à l'Oseraie..., près des miens, dans la voie tracée.... près de vous, Philippe..., toujours près de vous..., ajouta-t-elle plus bas.

Et comme elle avait sur les lèvres le même sourire et dans les yeux le même regard, il lui sembla que dans l'ombre un paradis inconnu s'ouvrait radieusement sous leurs pas et qu'elle lui faisait signe de l'y suivre.

— Vous m'aimez ?... lui dit-il d'une voix

tremblante... Vous m'aimez et vous me faites souffrir ?... Mais dites-moi donc que vous m'aimez ?...

— Oh ! Philippe ! s'écria t-elle; qu'il n'y ait jamais la moindre faiblesse entre nous, je vous en supplie !... Si peu que ce soit cela me désolerait !... Né me parlez jamais de ce que j'ai pu dire ce soir... je ne le sais plus moi-même... je n'ai pas la blancheur de l'hermine sans doute... mais je suis comme elle, j'ai horreur des taches !

Elle s'était redressée droite et fière, grandie de cette auréole invisible, de ce nimbe d'or que la pudeur éveillée met au front intact de toute souillure. Elle le dominait, cette *petite* femme, — on pourrait vraiment dire — de toute sa hauteur.

Philippe courba la tête, il était ressaisi de nouveau.

— Je ferai ce que vous voudrez, Bertha, lui dit-il en soupirant; je ne peux plus oublier vos paroles de tout-à-l'heure, ni le regard qui les accompagnait, ce me sera, du moins, une consolation, et peut-être une espérance... Mais je ne puis plus habiter au Garric dans de pareilles conditions; tant que vous ne m'aurez fait aucune confidence, nous ne pouvons respirer le même air, cette intimité de chaque jour, délicieuse quand la confiance y règne, deviendrait insoutenable pour tous deux... après ma brutalité de ce soir. Puis-je répondre de moi ? Il me faudra donc partir puisque vous restez...

— Puisque je reste ! Sans doute vaudrait-il mieux que ce ne fût pas moi, n'est-ce pas ?

— Oh ! Bertha !...

— Pardon, je joue sur les mots.... Il faudra que vous partiez..., oui; mais une fois parti vous saurez tout ce que je vous cache.... Je vous le jure une dernière fois, sur ce que j'ai de plus sacré : sur la mémoire de ma mère !

— Je vous crois, dit simplement Philippe.

Ils étaient arrivés tout près du château; un murmure de voix s'y faisait entendre, partant du milieu de la cour, ainsi que de la porte d'entrée. Bertha tendit l'oreille et eut un petit frissonnement nerveux; puis ses yeux clairs s'obscurcirent et quelques larmes se firent jour à travers ses paupières baissées. Grâce à la nuit tombante il ne vit pas qu'elle pleurait. Il éprouvait d'ailleurs l'anéantissement qui succède aux violentes émotions. La domination sous laquelle il se remettait malgré lui le laissait abattu et sans forces.

Elle le considéra douloureusement et fit quelques pas dans la direction de la cour.

— Adieu !... lui dit-elle de loin, adieu ! Philippe !...

— Si je n'étais pas un l'Oseraie, murmura le jeune homme avec accablement, j'irais demander du service à *Buonaparte,* ce serait une fin cela, et la meilleure....

Elle le devina plutôt qu'elle ne l'entendit. D'un bond elle fut près de lui et se pencha à son oreille :

— Cousin ! Marguerite t'aime ! lui dit-elle en le tutoyant comme autrefois.

Il tressaillit et ne put répondre. Il se retourna, elle disparaisssait à travers les branches à peine feuillées des oliviers du parc. Il écouta un instant le léger craquement de sa robe sur les cailloux grisâtres et le menu bois mort qui encombraient les allées, puis il reprit lentement le chemin de la Ferme.

— Tu rentres bien tard, Philippe, lui dit Mme Claudine, qui examinait son fils de l'œil clairvoyant des mères; pourquoi es-tu si pâle ?

— J'ai eu froid sans doute.

— En avril ?... Je pensais que tu souperais là-haut ?...

— On ne m'a pas invité, maman !...

Il dit cela de ce ton brusque et ennuyé qu'il avait avec tout le monde depuis quelque temps.

— Oh ! cette Bertha !... pensa Mme du Garric.

Philippe monta dans sa chambre, s'assit à son bureau et plongea sa tête dans ses mains.

— Après tout, murmura-t-il rêveusement. qu'est-ce que cela me fait que Marguerite m'aime ?...

En entrant dans la cour, Bertha aperçut

debout sur la dernière marche du perron un jeune homme qui saluait pour prendre congé.

— C'est M. d'Aunel, viens vite ! lui cria Marguerite.

Elle s'avança non sans une nuance d'indécision.

— Monsieur se marie le 21 mai, continua la jeune fille, et pour compléter nos toilettes il faudrait être à Montpellier l'avant-veille... à moins que tu ne préfères te présenter... à la mode d'Aigues-Mortes ?

— Une mode charmante, Mesdemoiselles.

— Oui, du temps de la première croisade !

— Tu as une langue, ce soir !... c'est fatigant, marmotta M. de l'Oseraie...

— Que ce soit la veille ou l'avant-veille, et le plus tôt sera le mieux, nous comptons absolument sur le château et sur la ferme, reprit M. d'Aunel.

— Mais... j'ai renoncé au monde, voulut dire Bertha.

— Et ce serait un crime que nous ne vous pardonnerions jamais! Du reste votre présence ne fait pas question, Mme de Fresne a promis un bal superbe, dont vous serez les reines, et je puis vous affirmer que sa fille serait désolée de ne point se marier sous les auspices de ses deux charmantes amies, mesdemoiselles de l'Oseraie.

— Il a une grâce parfaite, ce monsieur d'Aunel, pensa Marguerite.

— Nous irons pardieu bien! s'écria le baron qui regarda Bertha avec un sourire très-jeune: c'est bien le moins que je vous montre, mademoiselle, afin qu'on parle de vous en connaissance de cause maintenant... M. d'Annel, au revoir!... Par égard pour ma vieille bronchite, je ne vous accompagne pas jusqu'à la côte... vous permettez?...

— Comment donc?... Je vous en supplie.

— Je crois que nous aurons un peu de mistral ce soir, êtes-vous bien couvert?

— Merci! j'ai mon collet de fourrure.

— Ah! fort bien! je vous salue...

— A bientôt! cher monsieur!...

Le baron et Marguerite remontèrent le grand escalier.

— Etes-vous satisfaite, maintenant? dit le jeune homme à Bertha qui s'apprêtait à les suivre.

— C'est très-bien, monsieur, fit-elle tout bas et presque joyeusement. Mais ne comptez pas sur moi le 21 mai, je ne serai pas à Montpellier.

— Vous ne serez pas à Montpellier?

— Non.

— Alors je comprends... je comprends que je ne vous verrai plus...

Il la regarda silencieusement à la lueur des étoiles, et peut-être un instant son regard s'illumina t-il de la tendresse passée... Mais ce ne fut qu'un éclair.

— Eh bien! véritablement... je préfère cela, ajouta-t-il avec franchise. Loin de vous, je trouve Eugénie charmante et... je l'aime; près de vous, je ne sais comment cela se fait, mais c'est impossible.

Bertha ne put réprimer un sourire moqueur.

— Comme tout passe! murmura-t-elle.

A cet instant, la fenêtre du premier étage s'ouvrit, et la tête du baron prudemment recouverte d'un béret de velours chamois, s'encadra entre les deux vitres.

— Est-ce que les domestiques ne sont pas là ? cria-t-il à M. d'Aunel. Vous a-t-on conduit le cheval ?

Bien... bien... je suis fâché que vous soyez attendu chez Rivès, vous auriez goûté de mon vin blanc, du muscat de Lunel, mon cher !... A propos, que vous disait donc ma fille ?

— Mlle Bertha m'objectait une foule de mauvaises raisons pour ne pas faire son entrée dans le monde le 21 mai. Mais j'ai sa promesse, ajouta-t-il en ôtant son chapeau.

— Et vous avez la mienne qui en vaut trois! Bonsoir, mon cher Monsieur, mes respects à ces dames.

— Bonsoir, Monsieur d'Aunel, dit une douce voix.

C'était Marguerite qui avait glissé sa tête frisée par dessus l'épaule de son père.

— Vous direz à Eugénie, que je l'aime...

et que je prie pour elle tous les matins à la
messe...; et pour vous aussi, Monsieur...
ajouta-t-elle, pensant qu'il ne fallait pas faire
de jaloux.

Le jeune homme sourit :

— Merci, Mademoiselle, répondit-il, merci,
pour elle et pour moi...

— Tu es ridicule, et tu m'enrhumes ! fit
M. de l'Oseraie en fermant la fenêtre de façon
à briser les carreaux.

— Ainsi, vous ne viendrez pas, c'est convenu ! dit encore M. d'Aunel à Bertha, qui
montait le perron.

— N'ayez donc pas peur !... répondit-elle.

Or comme elle était femme, et... partant
point parfaite, elle eut un haussement d'épaules impatient, et lui fit de la main un très-
froid signe d'adieu; puis comme elle ressem-
blait quelque peu à son père, elle ferma fort
brusquement la porte d'entrée.

Monsieur Armand poussa un profond soupir... fit un geste mélancolique; puis enfin
prenant les rênes de la main du domestique il
s'enleva élégamment sur sa selle sans toucher
aux étriers, et lançant son cheval à l'anglaise,
sur la route d'Aigues-Mortes, il tourna plusieurs fois la tête du côté de l'Oseraie. Mais
pas un visage curieux ne se montra derrière
les vitres éclairées.

Ce pauvre M. d'Aunel en fut pour ses frais
de cavalier émérite.

*

— Il y aura un grand bal, sais-tu ? disait Marguerite à Bertha, en enfouissant dans les plis de son petit oreiller moëlleux la masse bouclée de ses cheveux ardents. Il y aura grand bal, et ce sera bien joli .... mais .... je n'oserai pas danser puisque je boite.

— Non, chérie, tu es très-gracieuse au contraire.

— Et toi, tu es très-bonne, mais....

— Mais quoi, voyons ?...

Marguerite cacha à moitié son visage rose dans les couvertures.

— C'est que, dit-elle étourdiment, si tu es là, Philippe ne songera pas à m'inviter, est-ce qu'il verra seulement si je suis en vert ou en bleu ?... J'ai bien essayé toute seule, ce pas de la gavotte de Glück qu'il aime tant .... mais, pense donc !.... devant tout ce monde ! je n'oserai jamais... tu es heureuse de savoir danser, toi ! Ah ! tu vas te coucher déjà ?...

— Oui, fit Bertha, laconiquement. Bonsoir, petite...

Elle rentra dans sa chambre et se ferma à clef.

Elle était pâle et son cœur battait. Elle éteignit sa lampe, et s'étendant à demi sur sa chaise longue, elle ferma les yeux.

Cependant elle ne dormit pas.

Une heure après, elle s'enveloppa dans la mante brune, posée à ses pieds, et, allumant le bout d'un petit cordon de résine, elle sortit

sans bruit de sa chambre, descendit l'escalier
des domestiques, puis, ouvrant la porte des caves, dont la clef était toujours appendue au
mur de la cuisine, elle ressortit du côté du
vieux château dans les profondeurs duquel elle
disparut.

Quant elle remonta dans sa chambre avec
les mêmes précautions qu'elle avait prises pour
en descendre, il était à peine quatre heures du
matin ; dans ces climats brûlés par le soleil,
les aubes d'avril sont très-douces.

Bertha ouvrit sa fenêtre et s'accouda sur le
balcon.

— N'eût-il pas mieux valu ne jamais revenir ? pensait-elle. A travers cette nuit sombre
qui vient de s'écouler une lueur s'est faite, et
j'ai vu clair autour de moi !... Dieu est bon
de vouloir que les morts ne puissent plus revivre de notre vie terrestre. Le temps comble
les vides... et des chères places qui manquaient au foyer on ne se souvient plus !...
J'étais morte pour eux, j'ai voulu revenir,...
et je vois clairement que je suis de trop... Ils
me l'ont dit tous les trois hier, sans se douter
du mal qu'ils me faisaient ! Philippe, que j'o-
blige à partir, Armand, l'écho d'Eugénie; et
jusqu'à Marguerite !... Chacun avait son mo-
tif, mais la pensée était la même... C'est pour
leur bonheur qu'il vaudra mieux que je ne
sois plus là... Je suis de trop ici... Je sens
bien que je suis de trop !...

Elle pressa son mouchoir sur ses yeux
pour refouler de nouvelles larmes et regarda
désespérément la plaine immense, déjà illuminée par les premiers rayons du soleil levant.

— Oh ! mon cher pays ! soupira-t-elle...

Puis absorbée dans ses pensées, elle suivit
longtemps de l'œil un vol de flamans roses qui
se dirigeaient vers la mer.

XIII

AU BOUT DU FOSSÉ... MARGUERITE.

Le surlendemain, Philippe, en bottes et collet de voyage, descendait au pas de son cheval la côte du Garric qui va rejoindre dans la
plaine la route d'Aigues-Mortes. Il allait de
Montpellier à Marseille, et de Marseille à Madrid où il devait séjourner une quinzaine de
jours ; puis des côtes d'Espagne, s'embarquer
pour l'Amérique du Sud.

Le pauvre chevalier avait l'œil humide et la
tête basse. A l'école de sa mère, il avait pris
l'habitude d'un bon sens pratique et d'un juste
oup d'œil des choses qui lui faisait douter
prodigieusement du succès de son voyage. Il
en pressentait d'avance le but illusoire et les
secrètes déceptions. En revanche, il avait hé-
rité de la ténacité de son père, ténacité de
race à toute épreuve. Il avait dit : « je parti

rai, » il fallait donc qu'il partît à l'aventure, comme les paladins du moyen-âge; sans autre espérance qu'un regard de tendresse tombé un soir d'avril comme une aumône des grands yeux pâles dont il rêvait.....

— Voyage, mon garçon, voyage, avait dit l'oncle Hugues, c'est excellent pour la santé de l'intelligence et du corps. Que diable!..., j'ai voyagé 10 ans de ma vie, moi qui te parle, et outre les bons résultats que j'ai retirés de mes pérégrinations, j'ai l'avantage de pouvoir t'avertir d'avance de ce que valent dans ces pays les femmes jaunes, noires ou blanches, ça ne vaut pas cher, mon enfant, ça ne vaut pas cher.....

Mais Philippe avait bien autre chose à penser qu'à se prémunir d'avance contre la perversité féminine du Nouveau-Monde, et peu lui importait assurément que cette perversité fût jaune comme l'orange, noire comme la suie, ou blanche comme les boules de neige au mois de mai !..... Il n'y avait pour lui qu'une femme, et ce n'était pas Marguerite.....

Que penser d'ailleurs de Marguerite, qui, la veille au soir, sans lui dire adieu, s'était sauvée du salon, emportant Brunswik dans ses bras, sous prétexte, que n'étant pas sorti de la journée « ce pauvre chien avait besoin d'air. » Si Philippe eût analysé ses impressions du moment, il aurait volontiers battu son lévrier.... infidèle.... mais sur ce sujet le

jeune chevalier n'était pas loquace avec lui-même, il arrêtait singulièrement la marche de
ses pensées, les bornant à cette fin de non-re-
cevoir peu galante : — Après tout ! que
m'importe Marguerite ?....

Il allait ainsi, s'abandonnant à l'allure tran-
quille de son cheval dont chaque pas l'éloi-
gnait du château, et rêveusement, il se repor-
tait au temps passé.... Ses souvenirs d'enfance
lui revenaient en foule, mais il avait beau lutter contre eux, ils ne lui rappelaient que
Marguerite, qu'il aimait à protéger avec toute
la sollicitude du frère aîné sur la petite sœur.

Le caractère tendre et naïf de l'enfant s'harmonisait avec ses goûts rêveurs et timides.
Bertha était alors une grande fille.... — moralement parlant — qu'il ne voyait que deux
fois l'année, tantôt enfouie dans des livres
jaunes ou bleus, tantôt courant dans la forêt
toute seule, et dédaignant de jouer avec sa
sœur et lui.

Un jour, c'était à ses dernières vacances
d'écolier, il reconnut qu'elle était très-belle
et sous l'impulsion du moment il édifia pour
l'avenir bon nombre de séduisants châteaux
en Espagne, mais sa timidité farouche fit
qu'il partit le lendemain, sans oser rien lui
dire ; et sans doute, de ce rêve d'adolescent,
Bertha n'avait rien deviné....

Alors il songeait fiévreusement au soir de
cet autre jour, où elle lui était apparue de

nouveau au milieu de sa vie rêveuse et calme. Il l'avait aimée soudain avec toutes ces forces de jeunesse qui dormaient en lui. Il s'était passionné pour elle comme le jeune peintre apprenti se passionne pour l'œuvre chérie du maître.

Le cadre du tableau c'était la salle basse; la nuit tombante, la flamme du foyer, devant laquelle elle se tenait debout, les cheveux dénoués sur ses vêtements sombres, si étrange dans sa beauté et dans l'inattendu de son retour.

Depuis ce soir-là, que de luttes, que de souffrances, que d'efforts désespérés, de recherches et de pénétration! C'était un doute qui ne se lassait point, un soupçon sans cesse continué, un mystère qu'il essayait vainement d'éclairer et dont l'ombre pesait de plus en plus sur son front, assez semblable à ce supplice *de la goutte d'eau* des anciens, qui tombe jour et nuit sur la tête du patient toujours à la même place, avec le même bruit monotone, jusqu'à ce que la sensation, d'abord insignifiante, devienne à la longue insupportable et affreusement aiguë.

Cependant il s'était fait comme une lueur qui rendait la situation de Philippe moins décourageante que par le passé. Non-seulement Bertha avait juré sur la mémoire de sa mère de tout lui dire, mais au moment du départ, sa main tremblante avait glissé dans la sienne un petit billet plié en quatre, qu'il s'était em-

pressé de lire en sortant du château. Il ne con-
tenait que ces mots écrits très-vite au crayon :

« Arrêtez-vous huit jours à Marseille, et
« ne partez pour l'Amérique qu'après avoir
« séjourné quinze jours à Madrid. Le quin-
« zième jour vous y recevrez, poste restante,
« une lettre qui... »

La phrase était restée inachevée sans doute
parce que Philippe n'ayant pas prévenu de
son départ, Bertha avait écrit cela à la hâte
pendant qu'il leur disait adieu, dans le salon
de la *Tour neuve*.

Ce peu de mots était beaucoup pour Philippe. C'était l'annonce d'une explication pro-
chaine, le vrai fil à saisir dans l'écheveau em-
brouillé qu'il essayait de dévider en vain. Avec
cela il pouvait espérer ne pas aller trop loin,
et revenir le cœur plein de trésors d'indul-
gence et de dévouement, pour cette jeune fille
malheureuse..., égarée peut-être..., dont il
ferait sa femme le jour où il ne douterait plus,
le jour où tout mystère sombre serait éclairé
entre eux.

Ainsi rêvant, il arriva au bout de la côte.

Un peu avant de traverser le village, et
comme il tenait son regard baissé vers la terre,
il fut distrait de ses pensées, par la vue d'une
forêt de cheveux roux, émergeant d'un fossé
garni de mousse, qui bordait les champs d'o-
siers du baron.

Les cheveux appartenaient évidemment à

une tête qui se cachait dans les herbes, tandis
que les épaules avaient par intervalles des soubresauts convulsifs.

— Comment, c'est toi..., Marguerite? s'écria
Philippe très-étonné.

Après une certaine hésitation un petit visage tout fatigué et portant la trace récente
de larmes, se montra sur le rebord du fossé.

— Mais comment es-tu là, et pourquoi
t'es-tu levée si matin ? répéta le jeune homme
de plus en plus surpris.

Marguerite se redressa, et secouant ses ju-
pes mouillées de rosée elle se suspendit à la
crinière du cheval, l'accablant de caresses, et
lui donnant comme à Brunswik les noms les
plus tendres.

— Bonjour Cadi, bonjour mon brave...

Et les baisers pleuvaient.

— Comme vous êtes joli ce matin. Voulez-
vous du sucre, monsieur ?

Philippe réitéra sa question.

— Mon Dieu ! j'étais là, fit-elle avec une
confusion très-visible ; mais pour... pour me
promener... tu comprends ?

— Pour te promener, dans ce fossé ?... Je
ne comprends pas du tout... je t'assure.

— Je ne me promenais pas dans le fossé
c'est évident, je me promenais sur la route, et
quand je m'y suis vue seule j'ai eu peur à
cause des méchants pauvres qui passent, et des
chiens enragés... alors je me suis cachée dans
ces herbes.

— Tout cela ne m'explique pas ta promenade matinale ?

— J'allais à la messe, répondit Marguerite en roulant entre ses doigts les cordons de son tablier de soie verte.

— A la messe?... Mais il est tout au plus six heures !

— Je me serai trompée d'heure, sans doute.

— Oh ! si mon oncle te voyait courant par les chemins quand le soleil se lève !... Rentre vite, Margot, ou tu seras grondée vertement, je te le prédis.

— Eh bien ! tant pis, si je suis grondée.

— Enfant !... mais je ne serai plus là... pour te défendre.

— C'est vrai, Philippe, je n'avais que toi... toi seul ! et tu pars... Tu vas courir bien loin... bien loin... sur la grande mer !...

Elle s'arrêta le cœur gros de soupirs.

— J'étais venue te dire adieu, reprit-elle. J'avais été si maussade hier au soir, que je craignais de t'avoir fâché.

— Bonne petite! murmura le jeune homme distrait par les mouvements brusques de son cheval, bonne petite ! comme je serais heureux de causer plus longtemps avec toi ! mais Joscelyn m'attend au bateau... et Cadi s'impatiente.

Marguerite caressa de nouveau le cheval.

— Tu vas revenir sans ton maître, mon

pauvre Cadi ! dit-elle. Tu nous le laisses, n'est-
ce pas Philippe ?

— Oui. Tu diras à Bertha que je le lui
donne.

Elle baissa la tête.

— Je le lui dirai, répondit-elle.

— Va ! je serai bientôt de retour. Peut être
même ne sortirai-je pas d'Espagne. Veux-tu
m'embrasser, chère enfant ?

—Ecoute encore !... J'étais venue aussi pour
autre chose... je voulais te donner un petit
souvenir qui te protégeât en route... seulement, je n'osais pas...

Et toute rougissante elle lui tendit un mignon scapulaire brun, délicieusement brodé.

— Tante Claudine disait que tu ne portais
plus le tien parce qu'il était trop usé, alors je
t'ai brodé celui-ci, tu peux le mettre tout de
suite. M. le curé l'a béni hier à la messe de
de sept heures.

Il prit machinalement le scapulaire sans le
regarder et le mit à son cou ; une émotion
douce et jusqu'alors inconnue lui montait au
cœur ; s'il ne vit pas les broderies, il contempla plus qu'il n'était nécessaire, les yeux bleus
suppliants et la main fluette tendue vers lui.

Marguerite n'avait pas songé à secouer ses
cheveux d'or rouge où s'étaient logés des brins
de mousse et quelques pétales de fleurs, ce
qui lui faisait, sous le soleil levant, une auréole
printanière du plus joli effet.

Malgré le mur d'airain à l'abri duquel Philippe retranchait le bouillonnement de ses
pensées intimes, une impression autre que
celle qu'il gardait en lui avec un soin jaloux,
l'avait fait tressaillir. Il devinait vaguement
cet amour enfantin, si continu et si tendre ; le
cœur de jeune fille qui s'ouvrait si chastement
devant lui ; ce bonheur de l'avenir si sûr et si
gai, en face du présent si douteux et si sombre... il entrevoyait tout cela, et en eut une
minute de véritable hésitation.

— Peut-être, en effet, suis-je fou de partir,
dit-il si haut que Marguerite l'entendit.

— Oh ! reste... reste, Philippe ! s'écria-t-
elle en battant des mains, comme l'enfant
joyeux qui surprend une promesse.

Il la regarda encore et sourit. On aurait pu
croire qu'il allait céder ; lorsque, détournant
la tête il contempla une dernière fois l'Oseraie.
Une fenêtre du côté du *Vieux château* s'était
ouverte encadrant une silhouette de femme
qui agitait dans le vide un petit mouchoir
blanc.

— Tu restes, n'est-ce pas ? reprit la jeune
fille suppliant toujours.

— Non..., je pars. Adieu ! Marguerite.

Il entoura d'un bras sa taille mince, et l'en-
levant de terre il l'embrassa fraternellement
sur les deux joues ; puis cheval et cavalier dis-
parurent.

A l'endroit où la route faisait un coude

Philippe se retourna de nouveau; Marguerite était restée immobile à la même place mais il ne la vit point. La fenêtre était encore ouverte et en signe d'adieu, le petit mouchoir blanc s'agitait léger dans l'espace.

XIV

ÉTUDE D'AME

Trois semaines s'écoulèrent entre le départ de Philippe et le mariage de M. d'Aunel.

Pendant ce laps de temps un observateur attentif eût pu voir s'opérer en Bertha un changement assez singulier.

Physiquement elle semblait avoir perdu une partie de ses forces et de sa vivacité ordinaire, un cercle bleuâtre agrandissait ses yeux qui brillaient d'un feu maladif sous les arcades de ses longs sourcils et la nuit une petite toux sèche et opiniâtre chassait le sommeil bienfaisant qu'une lassitude extrême lui faisait désirer; mais cet état de langueur était si peu inquiétant qu'autour d'elle personne encore ne s'en était aperçu.

Au moral c'était bien autre chose, goûts et caractère avaient aussi changé: plus de coiffures excentriques, plus d'amazone en drap scabieuse, partant plus de courses à cheval; Cadi avait été cédé à Marguerite qui, grâce aux leçons de sa sœur, essayait chaque jour de vaincre la frayeur excessive que lui causaient tous les exercices violents.

*

Aux leçons d'équitation succédaient les leçons de harpe et d'économie domestique. Une
jeune mère ne se fût pas occupée avec plus
d'amour de son enfant chéri que Bertha ne
s'occupait de sa sœur Marguerite.

Le bon Dieu avait aussi ses heures. Chaque
soir, à la tombée de la nuit, elle descendait
simplement vêtue jusqu'à l'église du village,
et là, assise dans le coin le plus ombreux de
la cha, elle de la Vierge, elle semblait s'absor-
ber dans une méditation profonde ; on n'ose-
rait affirmer qu'elle priât dévotement. Mais
pour certaines âmes, le repos aux pieds des
autels est déjà une prière.

L'amélioration du caractère ne le cédait
en rien à celle des goûts.

Plus de mots mal sonnants, plus de déses-
poirs subits, plus de rires immodérés. Une
mélancolie douce, une tristesse muette et résignée, avait remplacé toutes ces exagérations
de « mauvais aloi », comme disait tante Claudine.

Elle était bien encore quelque peu originale... quelque peu nerveuse... Mais on était en
droit d'espérer que le temps passerait l'épon-
ge sur ce que cette dernière teinte avait de
trop heurté.

En fait d'originalités elle en eut une qui lui
valut du moins les bonnes grâces de Madame
du Garric.

Un matin, avant que le baron Hugues —

qui du reste se levait fort tard — fût sorti de
sa chambre, son vieux domestique, le balai en
main, se rendit à la bibliothèque qu'il fut surpris de trouver fermée en dedans.

— C'est toi, Josce ? dit à l'intérieur une
voix de femme.

— Oui, Mademoiselle !

— Attends... je vais t'ouvrir... au surplus tu m'aideras.

La clef tourna dans la serrure et Josce stu-
péfait s'arrêta sur le seuil.

Bertha se mit à rire.

— Allons, Joscelyn, lui dit-elle, ferme la
porte et fais comme moi.

Mais la surprise du vieux Josce allait presque jusqu'à la frayeur.

— Est-y, Jésus Dieu, possible !... balbu-
tia-t-il.

En vérité, il était au moins permis d'être
étonné.

Agenouillée sur le parquet jonché de livres
Bertha les prenait à pleines mains et les jetait
dans la cheminée où flambait un feu ardent,
qu'elle alimentait ainsi avec un entrain, une
prestesse, une vraie frénésie !...

*La Nouvelle Héloïse, Clarisse Harlowe, Po-
méla, les contes de Boccace* et *du bon La Fontaine,* quelques romans de chevalerie, tout *Jean-
Jacques,* et tout *Voltaire* se tordaient pêle-
mêle avec des crépitements d'agonie. Les caractères s'allongaient, se retrécissaient, bril-

laient un instant entourés de flammes livides, puis s'envolaient en parcelles noirâtres, au milieu d'un nuage du fumée d'où s'échappait une odeur âcre et malsaine, due à l'humidité et à la poussière d'insectes qui salissaient les vieux livres.

Le feu ne chômait pas, un bouquin n'attendait pas l'autre. C'était un vraie danse macabre et Bertha elle-même, comme saisie de vertige, piétinait furieusement sur les feuillets en flammes.

— Seigneur ! mademoiselle brûle ses bottines ! s'écria Josce suffoqué d'étonnement autant que de fumée.

— Es-tu bête !.... ce que je fais est utile, très-utile .... c'est ce que j'ai fait de mieux en ma vie.

— Ah ! du moment que c'est ce que mademoiselle a fait de mieux...

— Oui. Et tu devrais m'aider, au lieu de rester là planté comme un terme.

— Mademoiselle oublie que la cheminée n'a pas été ramonée depuis deux ans et que, nécessairement... nous courons risque de mettre le feu au château. Enfin, du moment qu'il faut bien que Mademoiselle *soye* maîtresse de ses idées... Mais que dira M. le baron ?

— Il ne dira rien du tout si tu n'en parles pas toi-même. J'ai gardé presque toutes les couvertures des livres brûlés, nous allons les remettre à leur place sur les rayons.

Au bout d'une demi-heure la besogne était terminée et les squelettes trompeurs des livres garnissaient de nouveau les vides de la bibliothèque.

— Vois-tu, Joscelyn, reprit Bertha mystérieusement, il paraît que c'est le diable qui avait écrit ou conseillé d'écrire tout ce que j'ai brûlé, et ceux qui lisent ces livres ou d'autres qui leur ressemblent courent grand risque d'être damnés, comprends-tu maintenant pourquoi j'ai fait cette exécution ?

— Dame... je comprends bien un peu... C'était-y donc ça que Mademoiselle portait dans sa corbeille à ouvrage, quand elle allait se promener dans la forêt de Sylve-Réal ?

— Hélas ! c'était cela... répondit-elle en regardant rêveusement la cendre des pages brûlées. Mais je ne savais pas alors, reprit-elle en s'efforçant de sourire, que c'était écrit par le diable.

— C'est pour plaisanter que Mademoiselle dit cela ?

— Mais non je ne plaisante pas, ce que je te dis est sérieux. Demande plutôt à M. le curé et à ma tante Claudine ?

— Aussi je trouvais bien que ça sentait comme qui dirait du souffre ! affirma Joscelyn entièrement convaincu par la dernière assertion de Bertha.

Madame du Garric, attribuait à l'abbé Gervais ce qu'elle appelait la conversion de sa nièce, et Mme du Garric ne se trompait guère. Nul ne pouvait dire jusqu'à quel point ni de quelle façon Bertha avait livré son secret au bon prêtre; toujours est-il qu'intelligemment et sans en avoir l'air, il avait su lire au fond de cette âme troublée, mais non perdue, et qu'il avait su trouver des paroles assez saintes, assez vraies, pour la gagner à lui, et la ramener peu à peu et sans secousses dans la vie réelle du devoir, et de la soumission à Dieu.

.— Vous revenez de l'église mon enfant? lui dit-il un soir que, sortant de la ferme et montant à l'Oseraie, ils se rencontrèrent sur la côte.

— Oui, monsieur le curé, répondit Bertha qui paraissait préoccupée et moins calme que les jours précédents. J'essaie de faire ce que vous me dites, mais je ne sais plus prier..., plus du tout, et c'est désolant, je vous assure !

— Mais non.., mais non..., si vous éprouvez le désir de prier !

— Le désir de prier ? Je l'ai irrésistible quelquefois, ce soir surtout... J'aime entrer dans les églises que je trouve sur mon chemin et cela même au temps où j'étais si éloignée de Dieu.... Il me semble que je laisse à la porte tout *ce moi* désespérant et agité qui me torture...

Là, dans ce demi-jour mystique, en face de cette lampe d'or qui veille comme une protection visible,..., dans ce silence qui perçoit à peine quelques vagues bruits du dehors, je me sens enveloppée d'un calme, d'une quiétude que je chercherais en vain ailleurs. Là, je rêverais des heures entières.... Au fond ce n'est que le repos et la rêverie que je cherche dans la prière, je sens bien que ce n'est que cela.

— N'importe, plus vous vous sentirez agitée plus vous aurez le droit, colombe fatiguée, de vous reposer dans l'arche ! Ne vous dérobez donc plus à l'infinie bonté de Dieu. Voyez comme sa divine sollicitude vous a poursuivie dans toutes les phases tourmentées de votre vie.

— Et j'ai été assez insensée... assez misérable... pour douter du bon Dieu, monsieur le curé !

— Hélas ! mon enfant, c'est l'œuvre de ceux qui vous entouraient et non la vôtre, c'est l'œuvre du siècle qui vient de s'écouler, aidé de la passion et de l'aveuglement des hommes. Mais si vous descendez au-dedans de vous-même, si, dans un jour de recueillement, vous interrogez votre âme, votre âme restée belle, en dépit de tout... elle vous dira que, depuis huit ans, il n'est pas une pensée de votre intelligence, pas une fibre de votre cœur, qui ne vous ait nommé le divin Maître?... qui ne vous ait dit : Dieu est là, il attend pour me pardonner que je l'aime ! Ah ! Dieu est bon pour vous, ma pauvre enfant !...

Le visage peu favorisé de l'abbé Gervais

s'était illuminé à mesure qu'il parlait, d'un reflet de flamme intérieure, et si Marguerite eût été présente, elle aurait pu affirmer avec certitude « avoir vu l'âme de M. le curé. »

Ils continuèrent de marcher causant par intervalles à voix basse. Peu à peu, Bertha s'anima en parlant, et son regard devint sombre.

— Oh! que tout cela est difficile! s'écria-t-elle, je ne peux pas... Je ne peux pas me résigner! et je vous assure qu'il y a des heures où je me sens lasse... lasse à en mourir!.. et quand je songe qu'il y a une loi!...

— Il n'y a pas d'autre loi que celle de Dieu! interrompit sévèrement le prêtre. Et, d'ailleurs, je suis certain que vous ne le voudriez pas?

Il la regarda fixément.

— C'est peut-être vrai cela. Oh! comme vous me devinez, M. le curé....

— Qu'avons-nous à faire de mieux qu'à lire dans les âmes? répondit l'abbé Gervais avec un sourire. Il y a cependant un petit coin de la vôtre dans lequel vous n'avez pas voulu encore me laisser lire?...

Bertha rougit visiblement.

— Il est donc bien profond, reprit l'abbé Gervais, cet endroit de votre âme, où vous avez caché Philippe?

Elle eut un mouvement d'impatience.

— Si je ne vous ai pas parlé de Philippe,

M. le curé, dit-elle avec effort, c'est que..., ce sujet de conversation m'est intimement douloureux.

— Et n'en parlant pas, vous y pensez.... trop peut-être?

Il la regarda avec inquiétude.

Elle baissa les yeux et fit quelques pas dans une sorte d'agitation.

— Je ne sais... Je ne sais... Il me semble que ma vie est brisée et que tout est chaos autour de moi; je regrette de l'avoir fait souffrir, d'avoir été dure pour lui, et pourtant j'étais loyale, j'agissais en vue de son bonheur. Un soir j'ai rêvé tout haut devant lui à la vie heureuse et calme qu'il m'eût donnée, et c'est mon meilleur souvenir; en cela j'ai tort peut-être, j'ai le cœur troublé et je raisonne faux, je le sens ; mais c'est la conséquence d'avoir depuis six mois sous les yeux le tableau de ma vie manquée; je n'aurais pas dû revenir, M. le curé, il est si triste de voir qu'on a perdu son bonheur par sa faute !... par sa faute... oh ! quelle punition !...

— Il est vrai, pauvre enfant ! vous avez perdu ce qui fait le bonheur joyeux et calme de la terre; mais votre vie ne sera pas manquée; elle sera seulement changée, parce que telle n'est pas la voie du Seigneur ; il faut que vous soyez tout-à-fait digne de remplir le nouveau devoir qui...

— Chut ! dit-elle, quelqu'un passe...

Deux paysans revenaient des champs, la bêche sur l'épaule et le pas rhythmé sur un refrain méridional, une de ces chansons patoises, où « dans Paris la grande ville, le promis oublie la promise qui l'attend au pays !...»

— Tenez, monsieur le curé, ajouta-t-elle mélancoliquement, Philippe fera comme dit la chanson, il voyagera et dans peu il m'aura oubliée. C'est un cœur qui s'est trompé de route; moi disparue, il reprendra sans efforts le chemin accoutumé du seul bonheur qui lui convienne, du bonheur que je lui ai préparé et que je lui laisse là-haut.... Elle désignait du doigt la fenêtre de Marguerite ouverte à l'air frais du soir.

L'abbé se sentait plus ému qu'il ne voulait le laisser paraître.

— Bien !... très-bien, cela !... Le bon Dieu vous récompensera, je l'espère. L'avenir n'a pas dit son dernier mot, qui sait ?... A l'Oseraie tout n'est pas fini pour vous.... et ne pourrait-on pas dès à présent préparer votre père....

— Mon père ? c'est impossible... et ce serait folie de l'essayer... ce serait même dangereux pour tous !... Il sait trop que je suis de cette race sans reproches des barons de l'Oseraie, chevaliers de Malte, et amis du roi... Est-ce que j'ai seulement pu l'oublier, moi ?... Ah ! comme j'ai souffert.... comme j'ai souffert, M. le curé... Si vous saviez ?...

Elle continua à voix basse, parlant avec

cette précipitation, avec cette fièvre que donne quelquefois l'approche de résolutions extrêmes. Ils arrivèrent ainsi dans la cour de l'Oseraie. Le beau regard du prêtre exprimait cette fois un attendrissement profond.

— Je dirai la messe pour vous, ma pauvre enfant.., demain.., après demain...et bien d'autres fois encore...

— Je ne suis pas encore assez convertie pour bien comprendre l'efficacité de ces prières, répondit-elle avec un sourire triste ; mais je saurai que vous priez pour moi, et votre souvenir, le seul intelligent..., le seul miséricordieux que je puisse attendre ici me sera très-doux, je vous assure...

Quand ils entrèrent dans le grand salon, M. de l'Oseraie était déjà installé devant son damier, regardant sa montre à tout instant avec une impatience qui menaçait de dégénérer en tempête. La présence de Bertha que le baron n'avait pas revue depuis l'heure de sa sieste, arrêta l'orage près d'éclater. Il lutina sa fille bien-aimée, la gronda doucement de l'avoir laissé seul, et l'abbé Gervais ayant repris en face de lui sa place accoutumée, la partie commença. M. de l'Oseraie gagna, gagna sans s'arrêter, le pauvre abbé accumulait bévues sur bévues.

— A demain votre revanche, curé, dit le gentilhomme d'un air satisfait.

— A demain ?... je... je ne sais vraiment pas... si...

— Comment ? Qu'est-ce que vous ne savez pas ?... Où est votre chapeau ?

— Le voilà, Monsieur le curé, s'empressa d'ajouter Marguerite, la calotte y est aussi.

— Mademoiselle... mademoiselle... vous vous moquez de moi ?...

— Oh ! monsieur le curé !...

— Bien, bien !... riez, Mlle Margot, il y a tant d'autres jours où l'on pleure !...

Et son regard mélancolique se reposa sur les quatre personnages qui l'entouraient.

— A demain soir, mon cher baron !

Et il sortit oubliant de saluer les dames.

— Qu'a donc M. le curé ce soir ? pensa Mme du Garric.

XV.

OU IL EST QUESTION DE PIONS SCULPTÉS

ET DE HARPE ÉOLIENNE.

Comme six mois auparavant, le salon de la *Tour neuve* présentait l'heureux et paisible aspect de la vie de famille. Le baron et l'abbé jouaient fort tranquillement les parties de revanche, Marguerite brodait au tambour, et Mme Claudine, perdue dans un fauteuil immense, réfléchissait, les yeux à demi fermés, une lettre entr'ouverte posée sur ses genoux.

Seulement au lieu d'être en novembre on

était dans la seconde quinzaine de mai, et c'était plaisir de voir le soleil conchant, les lauriers roses et le ciel d'un bleu idéal.

Debout dans l'embrasure d'une croisée, Bertha regardait la campagne avec une sorte d'extase douloureuse.

— Alors, ma tante, dit tout à coup Marguerite, Philippe ne précise pas encore l'époque de son retour ?

— Mon Dieu ! mon enfant, voilà trois fois que tu me demandes la même chose ! Puisque Philippe est à Madrid et qu'il s'embarque dans six jours pour l'Amérique il ne peut pas être revenu dans quinze ! Il lui faudra peut-être bien six mois, ajouta-t-elle à voix basse.

— Comment dites-vous, ma tante ?

— Je dis que ce voyage qui, au fond, n'est autre chose qu'un voyage d'agrément, fera toute sorte de bien à Philippe. Je ne redoute pour lui que la mer, ajouta-t-elle avec inquiétude.

— Nous sommes dans la belle saison heureusement, reprit Marguerite qui, bercée au bruit des flots depuis sa naissance, n'était guère effrayée à la pensée de la mer.

— Je redoute aussi les chaleurs du Brésil.

— Ah ! oui ces chaleurs, qui avaient données à Bertha sa maladie nerveuse ?

Mme du Garric haussa les épaules.

— Est-ce qu'il y restera longtemps, ma tante ?

— Il ne fera qu'y passer, je l'espère, et reviendra par le Nord.

Il y eut un silence.

Marguerite avait évidemment une idée qui la préoccupait.

— Ce que je ne comprends pas, dit-elle tout-à-coup, c'est que Philippe ne soit pas resté pour le mariage d'Eugénie puisqu'il n'est pas encore embarqué; il aurait du moins assisté au bal, il avait tant dit qu'il me donnerait du courage le jour où je ferai mon entrée dans le monde ? Au lieu de cela je serai toute seule.

— Comment, toute seule ?...

— Je veux dire que je ne danserai pas sans lui; aussi qu'on ne me parle plus de la gavotte de Glück ni du menuet d'Exaudit; comment voulez-vous que je m'aventure, avec des gens que je ne connais pas ?

Un gros soupir conclua la phrase.

— Une fois au bal, tes dispositions changeront, et tu feras comme les autres. A propos, vos toilettes sont-elles terminées ?

— Oui, ma tante, seulement je vous prierai de gronder Bertha, qui n'a jamais voulu essayer la sienne. Heureusement qu'elle est si jolie que tout lui va bien ! Philippe dit qu'il n'a jamais vu des yeux d'une nuance aussi rare que ceux de ma sœur, et avec cela si grands !....

— Trop grands.... ils en sont disgracieux.

— Oh! pour cela!... je suis de l'avis de Philippe.

— Entends-tu, Bertha? s'écria Madame du Garric, que la conversation de Marguerite commençait à impatienter.

Bertha n'avait pas entendu, mais elle s'approcha du métier où travaillait la jeune fille et lui renversant la tête en arrière elle l'embrassa longuement.

— Savez-vous, ma tante, dit-elle ensuite, que Marguerite devient très-forte à la harpe?

— Vraiment?...

— Et en cuisine aussi, ce qui est moins joli mais plus utile, elle vous fera, quand vous voudrez, d'excellents *plumb-cakes* (1).

— Ah! Et serait-ce la cuisine américaine que tu lui apprends?

— Espagnole aussi, ajouta Bertha sans relever l'intention peut-être mordante de Madame du Garric. Marguerite, comment fait-on l'*Olla podrida*?

— On mélange toutes sortes de volaille qu'on fait frire dans la poêle avec du riz, dans lequel on ajoute.....

— Bien! nous voyons que tu ne serais pas embarrassée, s'il fallait te nourrir toi-même. Mais tu es faite pour broder aux perles, va, chérie!...

(1) Gâteaux anglais.

Depuis quelque temps, Madame du Garric
sentait diminuer vis-à-vis de sa nièce, l'anti-
pathie des premiers jours ; un sentiment, le
plus doux du cœur des femmes, la pitié, se
glissait en elle, à son insu, et tempérait par
instants sa brusquerie de ton, et la sévérité
froide de ses manières.

— Pourquoi n'as-tu pas voulu essayer ta
toilette, Bertha ? dit-elle avec intérêt ; il faut
bien cependant, que nous soyons demain au
soir à Montpellier ! Le contrat d'Eugénie se
signe à neuf heures, et je crains vraiment que
tu ne nous retardes beaucoup.

— Je suis plus prête à partir, que vous ne le
pensez, ma tante.

— Vraiment ? Eh bien nous voilà rassurés
car je pense que tu t'intéresses assez à l'amie
de ta sœur, la tienne par conséquent, pour...

Un formidable éclat de rire, interrompit la
phrase commencée.

— Eh bien ! Hugues, qu'y a-t-il donc ?
s'écria Mme du Garric.

— Il y a, Claudine, dit le baron qui se pâ-
mait sur sa chaise, il y a que je viens de lui
gagner quatre parties de suite... Ah! ah! ah!...
A-t-on jamais eu idée d'une semblable distraction ?... Figurez-vous, ma chère, qu'il joue depuis une heure avec une rangée de pions en
moins .... une rangée de pions qui manque ....
totalement... dans son jeu... tandis que le mien
est complet... Comprenez-vous ?... Ah ! grand

Dieu ! quel drôle d'homme vous faites, curé!

— Mais il me semble, mon cher baron, répliqua l'abbé Gervais avec un rire un peu forcé, que vous auriez pu charitablement m'avertir ?

— Vous avertir ?... Ah ! bien oui... vous avertir ?... Vous m'auriez privé d'un fameux amusement... Que pensez-vous de cela, Claudine ?... Nous aurions pu jouer ainsi jusqu'à demain au soir... et même indéfiniment...

— Quel dommage d'avoir arrêté sitôt la partie ! s'écria Marguerite qui riait de tout son cœur, nous aurions pu transporter M. le curé toujours jouant, du salon dans la calèche, de la calèche dans le *St-Louis*, du *St-Louis* à Pérols et de Pérols à Montpellier, de sorte qu'il aurait assisté au mariage d'Eugénie sans s'en être aperçu.

— Tu abuses de la situation de M. le curé, Marguerite! fit Mme du Garric en la menaçant du doigt.

— C'est que, en vérité, M. le curé est si amusant, quand il n'y songe pas...

— Tais-toi donc, petite, cria M. de l'Oseraie, tu m'empêches de compter les pions.

Debout derrière la chaise de l'abbé Gervais, Bertha n'avait pas ri une seconde, son regard semblait se reposer doux et mélancolique sur la tête du bon prêtre; ce dernier, profitant de l'inattention du moment, se

tourna vers elle et lui dit rapidement à voix
basse :

— Je ne peux pas jouer, ce soir, c'est plus
fort que ma volonté; je n'y ai pas l'esprit...
du tout... ni le cœur...

— Observez-vous, M. le curé, je vous en
prie, répondit-elle sur le même ton.

— Il en manque même un de plus que la
rangée, dit M. de l'Oseraie.

Bertha tressaillit et se pencha de nouveau
à l'oreille de l'abbé.

— Regardez si je tremble, reprit-elle, regardez si j'ai peur... et pourtant je vais brû-
ler mes vaisseaux... Courage! vous allez
voir !...

Il la regarda réellement effrayé ; elle était
un peu pâle et, malgré le cercle bistré qui
assombrissait ses yeux verts, il lui sembla
que son regard était extraordinairement brillant et résolu.

— C'est singulier, dit-elle, en examinant le
damier, je ne comprends pas ce qu'on a pu en
faire; ils seront tombés, je suppose, et Joscelyn les aura balayés ; il est si distrait quelquefois, ce pauvre Josce !...

— Au fait, si tu sonnais Joscelyn, ma
fille ?...

Elle parut frappée d'une idée subite :

— Ah !... attendez donc, j'en sais d'autres... je vais les chercher.

Elle vevint un instant après, et posa une

poignée de pions sur le damier ; ils étaient un peu plus grands, avec des figurines romaines sculptées au canif.

Le baron les prit machinalement, mais à peine les eût il regardés qu'il les repoussa d'une main violente.

— Que veut dire ceci ?... demanda t-il à Bertha, qui s'était baissée pour ramasser les pions tombés à terre.

— Je les ai trouvés dans un coin du *Vieux Château*, répondit-elle ; je pense qu'on peut bien s'en servir.

Et les reposant sur le damier, elle regarda hardiment son père.

Marguerite tremblait comme la feuille, mais Mme du Garric paraissait prendre à cette scène un intérêt tout particulier.

M. de l'Oseraie sentit le rouge de la colère lui monter au front.

— Otez cela !... otez cela !... s'écria-t-il ; qui vous a permis d'y toucher ?

— J'ignorais qu'il me fallût votre permission, papa, pour prendre ces pions dans un placard sans boiserie.

— Ah ! vous ignoriez ?... Eh bien ! je vous le dis une fois pour toutes : il me plaît que tout ce qui est dans le vieux château y reste et ne soit jamais touché. Il y a des souvenirs qu'on ne devrait jamais réveiller, ajouta-t-il avec amertume ; êtes-vous devenue folle pour espérer que j'aurais oublié celui-ci ?

— Hélas ! hasarda l'abbé Gervais, il y a pour tous, dans le cours de notre vie passée des souvenirs bien pénibles; mais ne faut-il pas faire la part des événements..., des idées du siècle ?... Si dangereuses qu'elles soient, elles ont en elles-mêmes une excuse... un appel à l'indulgence...

— Les événements ?... les idées du siècle ?... Qu'est-ce que vous me chantez, l'abbé ? Est-ce à cause des idées du siècle qu'il me faut oublier l'insulte et l'ingratitude en récompense de la charité et du dévouement le plus absolu ? Est-ce à cause des événements qu'il me faut oublier ?... Les événements !... Mais savez-vous ce qu'ils ont été pour moi ? Mon roi guillotiné... mon château brûlé, mes plus saintes croyances foulées aux pieds... l'exil, et ma fille disparue pendant sept ans !... Je peux pardonner de loin... en chrétien... mais revoir ?... mais oublier ?... Saprelotte, curé ! à quoi pensez-vous ce soir ?

— M. le curé est généreux, murmura Bertha.

— Et moi sans miséricorde ? Eh bien ! soit, je ne m'expliquerai pas davantage, pour m'épargner la douleur de comprendre ce que pense ma fille des souvenirs sanglants du passé.

Bertha voulut répliquer.

— Pas un mot de plus, je te prie.

Et boutonnant jusqu'au cou sa longue redingote, il se mit à arpenter le salon en tous

sens, frappant de sa canne à pomme d'or les
meubles qui se trouvaient sur son passage.

Il était encore superbe avec sa figure pâle
et distinguée, avec ses cheveux tout blancs,
relevés sous la nuque par un nœud de soie
noire. L'étreinte d'une émotion forte redressait
sa haute taille, son œil devenait plus vif; il
semblait jeter son masque de vieillard pour ne
laisser paraître que le gentilhomme d'autrefois, le beau l'Oseraie, qu'il fallait absolument
aimer ou craindre, selon ses heures ou sa fantaisie.

Assise devant le damier, Bertha jouait négligemment avec les pions sculptés, souriant
de temps à autre, comme font les enfants mu-
tins, mais avec une expression de défi amer.

Dans le salon personne n'osait bouger. Les
domestiques entrèrent pour allumer les flam-
beaux et dire qu'on était servi.

Le baron s'approcha de sa belle-sœur et lui
offrit silencieusement son bras. Pour entrer
dans la salle à manger il fallait passer devant
la table à jeu, il vit l'attitude de Bertha, et
ses sourcils se froncèrent.

— Cela me répugne d'y toucher, lui dit-il
avec un geste de dégoût; jette ces pions dehors
avant qu'on ferme, et que demain matin ils
soient au fond du puits, afin que de ma vie je
n'en entende plus parler.

— Oh! c'est bien simple, et vous serez parfaitement obéi, mon père... Pauvres souvenirs

bannis, ajouta-t-elle plus bas, c'est moi qui vous recueille !...

Elle se pencha vers la croisée et fit mine d'y jeter les pions. Mais en réalité elle les glissa dans sa poche. Madame du Garric tressaillit intérieurement et serra malgré elle le bras de son beau-frère.

Le baron Hugues n'avait rien vu.

Avant la fin du souper Bertha se plaignit de maux de tête et demanda la permission de se retirer.

Comme tous les esprits légers sur lesquels la moindre chose fait diversion, M. de l'Oseraie avait entrepris avec l'abbé Gervais une dissertation religieuse et philosophique dont il faisait à lui seul tous les frais. Le pauvre curé semblait étrangement préoccupé et ne répondait que par monosyllabes. Mme du Garric mangeait fort peu, ne parlait pas et se contentait d'observer. Marguerite aurait bien voulu suivre sa sœur, mais le baron s'y était opposé d'un geste : quand il développait ses théories, comme lorsqu'il contait les anecdotes de la cour, il lui fallait absolument des auditeurs, quand bien même ils eussent été tout à fait incompétents.

Au plus beau du discours, les sons de la harpe qui résonnèrent dans l'obscurité, achevèrent d'enlever au baron le peu d'attention que lui donnaient ses auditeurs.

Ce fut d'abord un prélude brillant, trèsfourni d'arpèges et d'accords, quelque chose comme une symphonie de Glück jouée sans suite et fiévreusement.

— C'est ridicule de ne pas vouloir souper et de nous faire ce tapage, maugréa M. de l'Oseraie. C'est de la musique de clavecin que ma fille arrange elle-même pour la harpe, ajouta-t-il, avec un retour de complaisance paternelle mal dissimulée...; je vous disais donc, l'abbé...

— Ecoutez!... Ecoutez!... s'écria Marguerite; Bertha n'est pas bien malade, puisqu'elle chante!

En effet, à la fantaisie bruyante, venait de succéder une mélopée triste et monotone qui servait d'accompagnement à des paroles d'abord peu distinctes, mais qui s'accentuèrent et prirent le rhythme de la ballade.

Bertha avait un contralto autrefois très-faible qui, sans doute, avait extraordinairement gagné. Elle maniait sa voix en artiste, et chantait avec une expression saisissante. Des notes graves et sonores jaillissaient de ses lèvres comme des cris de l'âme longtemps contenus, puis diminuaient d'ampleur, semblables à ces voix lointaines de pâtres ou d'oiseaux, qui, sur les bords de la mer, se confondent et meurent avec le bruit des vagues et du vent. Elle chantait ce soir-là, pour la première fois, une ballade espagnole ainsi traduite :

I.

Vous qui passez par la Sierra,
Prêtre, alguazil ou senora,
Ecoutez dans un arbre jaune
Chanter à chaque vent d'automne
Les cheveux noirs de Lénora.

Elle rêvait à la grand'ville,
Aux guitares sous les balcons,
A l'or vermeil, et pour Séville
Lénora quitta ses moutons.
Elle quitta tout, la pauvrette !
Son fiancé, sa maisonnette,
Ses jours sereins et ses chansons.

Vous qui passez par la Sierra
Prêtre, alguazil ou senora,
Ecoutez dans un arbre jaune
Frémir à chaque vent d'automne,
Les cheveux noirs de Lénora.

II.

Elle entendit la sérénade,
Sourit sous l'éventail moiré ;
Puis un jour, trouva sombre et fade,
Tout ce qu'elle avait adoré.
Elle n'osa plus, la pauvrette,
Revenir à la maisonnette
Et mourut dans son nid doré !...

Vous qui passez par la Sierra,
Prêtre, alguazil ou senora,
Ecoutez dans un arbre jaune
Gémir à chaque vent d'automne
Les cheveux noirs de Lénora.

III.

Son fiancé la trouva morte
Et, pour remplir ses derniers vœux,

Comme un talisman qu'on emporte,
Il emporta ses longs cheveux.
Une harpe il en fit... pauvrette !...
Qu'il mit, non dans la maisonnette
Mais dans le bois de leurs aveux.

Vous qui passez par la Sierra,
Prêtre, alguazil ou senora,
Ecoutez dans un arbre jaune
Pleurer à chaque vent d'automne
Les cheveux noirs de Lénora !

Au dernier vers la musique cessa brusquement, il n'y eut pas de ritournelle, pas d'accord final. On eût dit que les cordes de la harpe et les fibres de la voix trop violemment tendues s'étaient brisées tout à coup.

Dans la salle à manger, les respirations étaient oppressées, un silence profond régnait. Le baron fut le premier qui le rompit :

— Ventrebleu ! Claudine, que pensez-vous de cela ?

— Je pense, Hugues, que Bertha nous avait caché son talent pour nous faire une surprise.

— Le fait est qu'elle a une voix adorable ma fille, hein ? l'abbé ? Si vous aviez entendu chanter comme cela avant d'entrer au Séminaire ?

— J'aurais pensé que là-haut on chanterait ainsi ! répondit l'abbé Gervais en essayant de sourire ; et je serais entré quand même.

— C'est bien joli ce que dit M. le curé, murmura Marguerite, qui n'était pas toujours

*

aussi naïve qu'elle en avait l'air, mais en revanche, ce que nous a chanté Bertha était bien triste. Cela donne envie de pleurer...

— C'est ma foi vrai..., et l'*enfant* a raison, — une fois n'est pas coutume. — Bertha ? quelque chose de gai maintenant... allons ! quelque chose de gai, ma fille !

Et, jetant sa serviette en l'air, signe ordinaire, chez lui, d'un retour de bonne humeur, le baron se leva et rentra dans le salon.

Les domestiques rapportèrent les lampes. On allait s'asseoir pour écouter de nouveau lorsqu'on s'aperçut que la chanteuse avait disparu. Il n'y avait plus autour de la harpe solitaire qu'une insaisissable vibration, quelque chose comme ce frémissement harmonieux qui agite un instant les cordes après un jeu trop expressif.

M. de l'Oseraie ne put dissimuler une certaine inquiétude.

— Je crains que Bertha ne soit réellement souffrante ; va nous chercher des nouvelles, petite !

— Demande-lui si je peux monter ! ajouta Mme du Garric.

Marguerite sortit en courant.

Le baron prit un journal d'un air fort maussade et se mit à lire.

Mme Claudine se rapprocha de l'abbé Gervais.

— Monsieur le curé, je redoute un malheur,

lui dit elle tout bas; n'y aurait-il donc aucun moyen de le conjurer ? Vous *qui savez*, — et elle appuya sur ce mot, — vous qui savez, pouvez seul donner un conseil intelligent et sûr.

—— Hélas ! Mme, je ne puis rien... absolument rien... pour changer la situation présente. Peut-être, en effet, arrivera-t-il un malheur, mais un malheur nécessaire, que ni vous ni moi ne devons conjurer. Dieu seul peut changer les idées et rendre les cœurs miséricordieux. Prions-le, ma chère dame, prions-le avec ferveur, car cette pauvre enfant a besoin de prières; et c'est tout ce que nous pouvons pour elle maintenant... Plus tard, le bon Dieu qui veille sur l'avenir de tous, peut, comme je vous le disais, arranger bien des choses et nous tracer une nouvelle ligne de conduite. A cette heure, je ne puis... je n'ai pas mission d'en dire davantage.

— Alors, Dieu veuille que mes pressentiments ne se réalisent pas, mais depuis quelques jours j'en suis obsédée... véritablement...

. . . .

La porte de la chambre à coucher de Bertha était fermée à double tour selon son habitude.

— Est-ce que tu souffres, petite sœur? Veux-tu que je t'apporte une infusion bien chaude? supplia Marguerite.

— Merci, je ne veux absolument rien, j'ai un peu mal à la tête, voilà tout !

— Tante Claudine voudrait te parler, peut-elle monter un instant ?

— Dis-lui que je suis couchée et que je m'endors... nous causerons demain... Je t'en prie.... que personne ne monte.

— Pas même moi ?

— Pas même toi. Le sommeil vois-tu, c'est le meilleur remède. Adieu !... adieu !... *Mariquita.. buena noche*, ajouta-t-elle d'une voix qui voulait être gaie, mais dont l'intonation triste fut telle, que Marguerite en fut toute bouleversée.

Dans le salon, la soirée fut courte, et s'acheva, de part et d'autre, avec un malaise intime. La petite indisposition de Bertha survenue après la scène des pions sculptés semblait avoir jeté un froid de glace.

L'abbé Gervais craignant sans doute, une nouvelle insistance de la part de Mme du Garric, ne voulut pas accepter sa voiture, alléguant qu'avec le clair de lune il préférait rentrer à pieds.

— Alors je vais vous accompagner jusqu'à la côte, dit Mme Claudine qui abandonnait difficilement ses idées. Mais toute sa finesse échoua devant le mutisme volontaire de l'abbé. Ils traversèrent la cour du vieux château, et là, mus par une même pensée, ils levèrent la tête dans la direction de la chambre de Bertha.

On y apercevait vaguement une silhouette

de femme, qui écrivait sur le petit bureau placé là imprudemment près de la croisée.

— Bonsoir, M. le curé, dit Mme du Garric en montant en voiture, j'ai peur d'en savoir aussi long que vous... Quelle fatalité de n'avoir pas prévu un pareil malheur dix ans plus tôt !... Hélas ! que faire maintenant ?... Que faire, quand il est trop tard ?...

— Attendre ! Je vous l'ai déjà dit, ma bonne dame; quand il n'y a plus de remède il y a Dieu !

— Vous avez raison. Il y a Dieu !

Mme du Garric soupira et tandis que ses chevaux descendaient rapidement la côte, son regard froid et doux, tout humide de larmes, se fixa tantôt sur la fenêtre éclairée, tantôt sur le ciel bleu, illuminé ce soir-là d'une nuée d'étoiles.

XVI.

FAREWELL !... FAREWELL !...

Pendant la nuit du jour qui venait de s'écouler, Bertha ne se coucha point. A l'heure où Mme du Garric rentrait à la ferme elle était en effet à son bureau où elle écrivit longtemps.

Après avoir cacheté ses lettres, elle changea de robe, mit sur ses épaules le châle bleu sombre, sur ses cheveux la mantille de laine noire et à sa ceinture le petit sac de velours

grenat, — tout le costume du jour de son arrivée — puis, se regardant dans la glace, elle
vit son visage bouleversé, mais résolu.

— Supposons que je joue un drame ! se dit-
elle en s'efforçant de sourire.

Mais la glace ne lui renvoya qu'une contraction douloureuse des lèvres. Alors elle
éteignit sa lampe, ouvrit doucement la porte
de sa chambre et tendit l'oreille. Autour d'elle
rien ne bougeait. Une très-pâle lueur d'aube
éclairait les grands corridors.

Elle passa devant la porte de Marguerite,
appuyant ses deux mains sur sa poitrine pour
étouffer les battements plus douloureux de son
cœur. Arrivée devant celle de son père, elle
s'agenouilla comme si elle eût voulu en baiser
le seuil et glissa dans l'entrebâillement, au ni-
veau du plancher, une des lettres qu'elle venait d'écrire.

— Pardon !... pardon !... ajouta-t-elle très-
bas, mais non sans un certain effort de
volonté qui amena le rouge sur ses joues
pâles.

Se relevant aussitôt elle descendit l'escalier de service et, pour éviter les chiens de
garde, suivit le même chemin qu'elle avait
coutume de prendre dans ses autres sorties
nocturnes. Une fois dans la cour, elle glissa
comme une ombre, le long des murs lézardés
du vieux château, traversa en courant le petit
bois d'oliviers et suivit sans passer par le Gar-

ric, un des nombreux sentiers qui aboutissaient à la grand'route d'Aigues-Mortes.

A mi-chemin, elle s'arrêta et consulta sa montre : il était un peu plus de trois heures, le jour allait paraître et cerclait déjà de rose les nuées flottantes à l'horizon.

— Il faudrait que je fusse avant quatre heures au canal, se dit-elle en précipitant sa marche.

Mais Bertha, étant très-petite, faisait moins de chemin qu'une autre. Il lui fallut dépenser le double de force; elle n'avait presque rien pris la veille, sa toux rauque et irritante lui coupait la respiration, elle s'arrêta réellement épuisée.

Là était le talus de gazon où elle s'était assise un jour de décembre, et le chêne renversé que Philippe avait entouré de ses deux bras en pleurant. Elle se coucha à demi dans les herbes, et appuya sa tête au tronc de l'arbre, se laissant bercer mélancoliquement par la poésie grandiose qui, de l'endroit où elle se trouvait, enveloppe tout le littoral. Rejetée comme en-dehors de ses propres pensées, elle contemplait en artiste l'immense plaine de la Crau. La cité vraiment fantastique d'Aigues-Mortes, la petite île de Maguelone, les phares perdus dans la brume du matin. Tout ce paysage à la fois splendide et désolé, qui, avant de s'éveiller au soleil, avec ses troupeaux errants, et la féérie de son mirage, semblait dormir, enveloppé de son manteau de ruines et recueilli dans la mémoire de son passé.

Plongée dans une sorte de rêverie engourdissante, Bertha oubliait l'heure.

Un vol d'outardes passa au-dessus de sa tête. Le sifflement prolongé des ailes la fit se soulever.

Elle regarda longuement la mer et la grande route avec ses peupliers séculaires ; puis elle écouta les premiers bruissements du matin ; il lui sembla que cette nature triste et nue à son arrivée souriait à son départ, et séchant les larmes, qui tombaient goutte à goutte sur ses vêtements sombres, elle se dit qu'il valait mieux qu'il en fût ainsi, qu'il valait mieux partir quand tout était en joie, quand tout lui rappelait que sur cette plage elle avait passé les meilleurs jours de sa vie.

— Je n'oublierai plus la plaine telle que je la vois aujourd'hui, se dit-elle; pour mes jours de tristesse je veux garder le souvenir riant de mon pays !...

Hélas ! l'Oseraie était là, à droite de son regard. L'Oseraie avec ses murs noircis, et percés à jour, abritant ses batiments neufs. *Le vieux château* c'était l'histoire d'autrefois, décévante et irréparable. La *tour neuve* c'était la vision du présent ; la famille et ses joies intimes ; tout ce qu'elle aimait, tout ce qu'elle allait perdre.... Et profondément désolée, elle se demandait cependant si le jour qui se levait

joyeux, ne serait pas pour ceux qui restaient,
plus sombre et plus navrant encore, que pour
celle qui était partie ?...

L'horloge d'Aigues-Mortes sonna quatre
heures. Le phare s'éteignit et, quelques minutes après, le neuf portes de la cité s'ouvrirent.

Bertha se redressa, essuya ses yeux, et tout
en renouant sa mantille, son regard s'attacha
une dernière fois sur ce pauvre arbre, où Philippe avait pleuré. Au tronc demi-déraciné un
bouquet de feuilles d'un vert tendre était éclos.
Sans approfondir sa pensée, elle en coupa une
petite branche, et la cachant sous son châle,
elle se mit à courir dans la direction du canal.

Le long de la berge, un homme mince et
grand se promenait d'un air d'impatience et
d'anxiété visibles. Un chapeau de paille à lar-
ges bords voilait le haut de son visage ne laissant à découvert que des lèvres bien découpées
mais fortes, un teint coloré, et quelques boucles de cheveux ardents. Dès qu'il aperçut
Bertha, il courut à sa rencontre, l'enleva de
terre et la serra passionnément contre sa poitrine.

— Enfin !... enfin !... répétait-il à plusieurs
reprises.

— Suis-je en retard, Jacques ?

— Cinq minutes de plus, j'étais furieux.

— J'ai fait ce que j'ai pu, mon ami, et je
suis bien lasse... Où donc est le batelier ?

— Ce b... là, n'est pas encore arrivé, s'il

nous manque de parole, je serais obligé d'entrer en ville et d'en commander un autre.

— Et ce serait bien dangereux.

— Oui, à cause de cette famille du docteur, qui se lève au chant du coq et qui aurait peut-être l'amabilité de me reconnaître. L'important est d'être assez tôt au *grau-du-roi*, pour y prendre un bateau qui part à cinq heures.

— Le bateau des dépêches sans doute?

— Allons donc! pour débarquer à Pérols? avec un tas de gens d'Aigues-Mortes? Tu n'y songes pas, ma chère?

— Oh! à cette heure-ci il n'y a rien à craindre.

— Il y a toujours tout à craindre quand on s'enfuit.

— Mon Dieu! mais où irons-nous alors?

— Du côté de *Maguelone*, sur une plage très-peu fréquentée, animée seulement d'une agglomération de cabanes de pêcheurs, qui ont formé une sorte de petit village, qu'on appelle *Palavas* (1). Va! mes mesures sont bien prises. Là, une chaise de poste nous attend, et nous mènera à Montpellier, d'où nous décamperons ou plus vite par la diligence de Nîmes. Tu comprends que les figures de connaissance vont pulluler dans les rues, en l'hon-

_____

(1) La plage de Palavas est aujourd'hui très-fréquentée des Méridionaux.

neur du mariage de ce fat, qui aurait bien dû
finir d'aller au diable !...

— Oh, Jacques !....

— C'est cela ! Soutiens ce joli cœur, et
prouve-moi que je suis un monstre d'ingratitude !

Pour toute réponse Bertha s'assit au bord
de l'eau et plongea sa tête dans ses mains. Son
compagnon hésita un instant, puis s'asseyant
près d'elle, il passa un bras autour de sa taille :

— N'aie plus de chagrin, ma petite Bertha,
lui dit-il, tu sais bien que je t'aime et que tes
volontés font loi ?

Elle haussa légèrement les épaules.

— N'aie-je pas bien fait les choses ? une
chaise de poste à quatre chevaux, c'est assez
gentil, hein ?

— Je ne dis pas, mais je trouve qu'un atte-
lage plus modeste nous eût mieux convenu;
pourquoi quatre chevaux ?

— Mais pour filer plus vite, parbleu !

— Deux nous auraient suffi. Une chaise de
poste... c'est déjà bien cher; il me semble que
tu aurais pu te contenter d'une simple voiture
de louage.

— Merci ! j'ai assez mangé de vache en-
ragée comme cela. D'ailleurs, nous sommes
sur la route de la fortune, nous allons gagner
de l'argent, beaucoup d'argent !... et quoique
tu m'aies désobéi, je veux te mettre dans une
cage de velours, ma mignonne !

— Mais je ne tiens pas à être riche, Jacques, et je voudrais pouvoir espérer que nous trouverons un gagne-pain plus sûr, moins dangereux, où la vie privée soit moins brillante, mais plus heureuse, parce qu'elle serait plus calme... Je ne te le cache pas, cette carrière me répugne et me fait peur.

Le jeune homme se leva brusquement.

— Te répugne ?... te fait peur ?... reprit-il avec un juron ; mais, malheureuse, que veux-tu faire alors ? Veux-tu mendier ?

Elle frissonna.

— N'avons-nous pas assez souffert ? N'avons-nous pas assez maudit l'existence ?... Tu as raison, j'ai été ingrat envers d'Aunel, car nous lui devons cet espoir de fortune que tu repousses. Mais que tu le veuilles ou non, il nous faut de l'or.

— Est-ce donc parce que la cage sera dorée, que le nid en sera plus à l'abri des tempêtes ?

— Non, mais il sera à l'abri de la misère, ce qui est le pire de tout !... Je veux de l'or, vois-tu pour réaliser la vie telle que nous l'avions rêvée ensemble, il y a dix ans ! Pour le luxe il faut de l'or... pour les voyages il faut de l'or... pour les arts, de l'or... Qu'est-ce que les ivresses anjourd'hui ?... Qu'est-ce que le bonheur ? C'est l'or.... et l'enfant à venir veut de l'or, Bertha....

— Pourvu qu'il connaisse Dieu ! répondit-elle.

— Dieu ? Ah ! voilà le grand mot lâché !
avec cela nous irons à l'hôpital !

— Ou avec cela nous serons sauvés.

— Que le diable m'emporte ! Si je te laisse
jamais retourner là-haut ! Cet abbé de malheur
t'a appris un joli catéchisme, ma foi !

— On m'aimait, Jacques ; on voulait me
rendre bonne et chrétienne.

— Oui, en te remplissant la tête d'idées
creuses, en te faisant détester ta carrière, en
t'éloignant de moi peut-être pour toujours !...
Ils t'auraient fait tout avouer ! .... et j'aurais
été chassé encore, comme un mendiant. Oh !
misérables !... misérables chiens d'aristocrates,
que je voudrais tous savoir perdus !

Et son poing fermé se leva menaçant dans
la direction de l'Oseraie.

Epuisée par sa course et par cette dernière
émotion, Bertha chancelait. Par un de ces re-
virements brusques qui n'étaient pas rares
chez cet homme à passions violentes, il s'élança
vers elle, la prit dans ses bras et appuya sa
tête sur son épaule.

— Je suis un brutal et je ne sais ce que je
dis... Pardonne-moi, pauvre enfant !... Pauvre
enfant ! répéta-t-il avec des intonations d'une
tendresse extrême.

— Quand Madame et Monsieur seront
prêts, dit une voix, j'accoste !

Bertha ramena vivement sa mantille sur
son visage.

— C'est imprudent d'avoir pris ce batelier dit-elle, c'est celui qui m'a débarquée il y a six mois.

— Je n'en avais pas d'autre sous la main, et d'ailleurs, quand il parlera, nous serons loin. Tu es mon bien et je t'emporte !

Il l'enleva de terre comme un enfant et, regardant encore l'Oseraie d'un air de défi, il entra dans la barque.

— Tiens !... tiens !... tiens !... se dit maître Pial, notre ancienne connaissance; cela m'a tout l'air de la petite dame d'il y a six mois... Mais du moment que la petite dame d'il y a six mois était la demoiselle de là-haut, cette autre petite dame serait donc ?... Oh! oh !... Suffit ! J'ai idée que M. le baron ne rira pas ce matin... Claude, mon ami, tu n'as qu'à te bien tenir, et à clore ta langue... *Allons zou* (1) !.... En route !

Une demi-heure après, les deux voyageurs étaient installés dans un petit bateau à voile, qui cinglait vers la plage solitaire de Palavas. Il était près de 5 heures et le soleil levant donnait aux flots un prisme nuancé, qui s'étendait par le mouvement des vagues, en des milliers de girandoles... La cité des croisades disparaissait de plus en plus, dans les lointains vaporeux faits des brumes de la mer... Et Ber-

_____

(1) *Allons vite !...* locution familière aux paysans de l'Hérault.

tha, le cœur déchiré par cette angoisse inexprimable des grandes séparations, regardait le rivage s'enfuir et le château de l'Oseraie se confondre en grisaille avec les nuées qui baignaient les falaises et le col des montagnes de Cette.

— Adieu ! dit-elle d'une voix brisée, adieu mon pays !... Adieu ma jeunesse !... Adieu Philippe !... ajouta-t-elle plus bas.

Un vague pressentiment qu'elle n'avait plus que peu de temps à vivre l'envahit tout entière. Accablée sous tant d'émotions diverses, elle appuya sa tête lasse sur les genoux de celui qui était redevenu son seul protecteur en ce monde.

— Oh ! Jacques, je n'ai plus que toi !... murmura Bertha.

Le vent était favorable, et comme une gigantesque mouette aux ailes déployées, le petit bateau à voiles fila vite vers la pleine mer.

Le même jour à 9 heures du matin, Mme du Garric mandée en toute hâte trouva Marguerite sanglottant dans la chambre de sa sœur. Elle lui tendit une lettre ouverte, tandis que du doigt elle lui désignait M. de l'Oseraie assis lourdement aux pieds du lit vide, balançant, avec un rire hébété, une petite chaîne d'or où pendait un médaillon.

— Ils sont partis tous deux.... tous deux pour l'*Annunciade*, disait-il en chantonnant :

> Eh! vogue la nacelle,
> Qui porte mes amours!

— Eh bien! Claudine, que pensez-vous de cela?...

Madame du Garric était terrifiée.

— Ils sont partis tous deux.... tous deux.., reprenait-il de sa voix chevrotante.

Elle s'avança et lui arracha doucement le médaillon des mains. Il représentait un jeune homme de 26 à 27 ans à peine, une assez belle tête au masque plébéien, mais où l'intelligence rayonnait; des cheveux bouclés de la nuance de ceux de Marguerite et des yeux d'un noir ardent, en un mot une de ces physionomies énergiques et passionnées, qui inspirent plus de crainte que de sympathie. Au bas du médaillon était écrit à la main : *A ma bien aimée Bertha, le 8 juillet* 1791. *Jacques.*

— Hélas! je l'avais deviné! murmura Mme du Garric.

La lettre adressée à M. de l'Oseraie ne renfermait que ces quelques lignes :

« Mon cher père,

« Je sens bien que je ne suis pas faite pour « le monde, et je retourne au couvent. J'ai « voulu partir ainsi pour que vous ne puis- « siez pas vous opposer à ma résolution. Ne « me cherchez pas, je serai introuvable.

« J'écrirai souvent, je vous le promets.

« Mais si d'aujourd'hui en six mois, vous « n'aviez pas reçu de mes nouvelles, n'en

« attendez plus désormais et souvenez-vous
« de moi comme d'une morte...

« Adieu, mon bon père, ne vous désespérez
« pas... et pardonnez-moi la douleur que je
« vous cause.

« Peut-être nous reverrons-nous un jour.
« On me permettra de revenir encore...

« Prions le Seigneur pour qu'il ne nous
« abandonne pas.

« Aimez bien Marguerite; puissiez-vous ré-
« parer, à l'égard de cette chère enfant, une
« longue injustice. C'est mon vœu le plus
« cher... le vœu de votre malheureuse fille,

« BERTHA. »

Cette lettre était écrite comme on le voit
avec de très-grands ménagements, mais Bertha n'avait pas songé que son père n'en lirait
que la première ligne, et que déjà frappé au
cœur, il trouverait dans sa chambre le médaillon qu'elle y avait oublié.

Le corps robuste du baron Hugues résista
encore une fois, à cette seconde et terrible
épreuve. Mais le nauffrage moral de son intelligence en fut le résultat prévu.

Sa folie était douce et inoffensive, elle con-
sistait à passer des journées et des nuits à
jouer aux dames avec un partenaire invisible,
qui n'était autre que sa fille bien-aimée ! Et
c'était pitié de l'entendre dire : — Conseillez-
la, curé, elle joue mal, elle a tout oublié au
couvent, ma pauvre petite !

. . . .

Trois mois après son départ, Bertha écrivit une lettre très-courte et très-évasive, sans date ni adresse. Elle annonçait à la fin, ne pas devoir séjourner dans la ville d'où elle écrivait.

La lettre était datée de St-Pétersbourg.

Depuis ce jour elle n'écrivit plus.

Quelques mois après, le pauvre baron reçut une lettre cachetée de noir ne contenant que ces mots :

« Monsieur,

« J'ai la douleur de vous informer que votre fille aînée est décédée le 22 novembre dernier, au couvent de X... Elle s'est particulièrement recommandée aux prières de M. le curé du Garric.

« A-t-elle besoin de prières ?... S'il est vrai qu'il y a un ciel et que notre âme est immortelle, Bertha de l'Oseraie est aujourd'hui dans sa seule, dans sa véritable patrie.

« La personne qui écrit ces lignes calmes, malgré un désespoir profond, aura peut-être un jour des intérêts sacrés à faire valoir, alors seulement elle se fera connaître. »

Cette fois, l'enveloppe était timbrée de New-York.

Marguerite eut une fièvre cérébrale et ne dut la vie qu'aux soins du docteur Rivès et au dévouement vraiment maternel de Mme du Garric.

Quant au baron Hugues, il ne comprit jamais pourquoi on avait mis un crêpe de deuil à son chapeau.

XVII

TOUT RAYONNE

Au commencement du printemps de 1805, juste trois ans après les événements que nous venons de raconter, Philippe et Marguerite se promenaient lentement dans l'avenue des peupliers qui bordent les murs d'enclos de la ferme, passant et repassant devant la grille sans songer que Mme du Garric et l'abbé Gervais, assis à l'une des fenêtres du rez-de-chaussée, causaient en les suivant des yeux.

Philippe était de retour depuis un an à peine, il avait voyagé dans le nord de l'Italie, traversé la Russie, la Hollande, le Danemark, avait séjourné à Londres, et assez longtemps à Paris, auprès de M. et de Mme Armand d'Aunel, qu'il accompagna beaucoup dans le grand monde du faubourg St-Germain.

Cette humeur voyageuse dura deux ans et trois mois. Pendant cette longue absence coupée de loin en loin, par quelques rares entrevues de très-peu de jours, Mme du Garric qui, d'ordinaire, repoussait avec horreur tout ce qui menaçait de la séparer de son fils, s'était montrée étonnamment résignée. Et, de fait, Philippe n'avait eu qu'à gagner en faisant

son tour d'Europe. Outre que ses qualités
morales n'y avaient rien perdu, cette distinc-
tion de race restée voilée sous des dehors gau-
ches et campagnards, était maintenant visible
aux yeux de tous et rehaussait la franchise
charmante de sa physionomie. Il avait maigri,
ce qui ne lui allait pas plus mal, au con-
raire...

En revanche, Marguerite s'était fortifiée, et
il ne fallait qu'un peu de bonne volonté pour
la trouver tout à fait jolie. Elle portait encore
le deuil de son père.

Quelques heures avant d'expirer le malheureux baron avait paru sortir de l'anéantissement dans lequel il végétait depuis des mois.
Il appela madame du Garric, qui crut à un retour de lucidité.

— Ils sont partis tous deux... tous deux...
lui dit-il mystérieusement. Ils sont dans un
pays où il n'y a plus ni rois, ni empereurs, ni
barons..... où tout le monde s'aime... et d'où
personne n'est chassé ! Vais-je dans ce pays,
Claudine ?... Que pensez-vous de cela ?...

Sa langue commençait à s'embarrasser.

— Gervais m'a dit que j'allais la voir ! murmura-t-il.

Tout à coup il fit un suprême effort pour
se soulever en balbutiant :

— La voilà !... la voilà !... vite... mon damier... mon... dam...!

Ce fut sa dernière parole et sa dernière pensée ; à sa mort comme comme pendant sa vie, il avait oublié Marguerite.

Madame du Garric fut pour sa nièce ce qu'elle avait été toujours : une seconde mère. Elle la garda avec elle au Garric et afferma l'Oseraie, jusqu'au retour de Philippe qui s'en occupa alors exclusivement.

Marguerite avait légèrement mitigé ses vêtements noirs de mauve. Cette nuance s'harmonisait admirablement avec ses cheveux roux, tout frisés sur les tempes. Son regard était toujours un peu étonné, un peu naïf, quoique, à vrai dire, elle fût beaucoup moins enfant que par le passé. Le fruit vert s'était mûri au contact de la souffrance ! En dépit des robes étroites et des tailles courtes que l'Empire n'avait fait qu'accentuer, ses vêtements étaient aisés et flottants, ce qui poétisait le très-léger balancement de sa démarche. Quoique les contours de sa taille fussent plus nettement accusés, toute sa personne avait conservé ce je ne sais quoi de chaste et d'aérien qui plaisait au cœur en même temps qu'à l'âme.

— Sais-tu, Marguerite, dit tout à coup Philippe en s'arrêtant pour la considérer, sais-tu que tu as prodigieusement embelli depuis trois ans ? Je cherche dans mes souvenirs de voyages à quel type tu peux le mieux ressembler. Ma foi, tu es Anglaise, ma chère, et je ne crois pas qu'une vraie fille d'Albion puisse avoir un type de nationalité aussi pur que le tien...

Oui, tu es idéalement Anglaise, *and love you also, my dearling* (1).

— Je t'avertis que je ne comprends pas, dit Marguerite en rougissant; ce qui m'étonne, ajouta-t-elle sans réfléchir, c'est de te voir préférer le type anglais au type espagnol. Autrefois, c'était l'espagnol il me semble?

La figure de Philippe s'assombrit.

— Je préfère le type anglais! dit-il avec effort.

Depuis trois ans Marguerit comprenait infiniment plus de choses que par le passé. Elle s'aperçut de l'impression dont elle était cause, et les larmes lui vinrent aux yeux.

— C'est que... balbutia-t-elle, je pensais que ton séjour en Espagne.... ou plutôt je voulais dire...

— Tu voulais dire, interrompit le jeune homme vivement, que je suis parti comme un fou.... comme un aveugle, et que, pour l'avoir été si longtemps j'ai bien mérité de souffrir.

— Oh! Philippe, je ne dis pas cela.

— Si! j'ai bien mérité de souffrir. Mais il est certain, que j'ai eu ma large part dans la douleur de tous, plus large que la vôtre peut-être... car j'ai su, moi, les choses navrantes que vous n'aviez fait que soupçonner.

— Je l'avais toujours pensé... Tu as traversé la Russie, quand elle y était sans doute?...

(1) Et je vous aime ainsi, ma chérie.

Philippe voulut protester, elle l'interrompit.

— Ecoute ! lui dit-elle d'une voix émue, je ne veux rien savoir maintenant .... mais plus tard quand tu en auras le courage... tu me parleras d'elle, j'aimais tant ma sœur, Philippe !

— Je te le promets, dit le jeune homme, sérieusement ... Aujourd'hui, tu le comprends, je suis trop heureux de jouir avec toi de ces premiers beaux jours.

— C'est le repos après l'orage, n'est ce pas?

— Oui, un délicieux repos !... ne réveillons plus les souvenirs tristes, veux-tu ?

Elle fit un signe d'assentiment. Il y avait là un banc de pierre ombragé par les deux grands arbres du portail, ils s'y assirent.

— Je m'étais trompé, continua-t-il, et je fais pénitence depuis huit mois. Pense donc ! coucher tous les soirs là-haut, — dans ta petite chambre, c'est vrai, ce qui est bien une compensation; — mais n'avoir pour toute compagnie quand je rentre le soir, que la figure de Josce « figée dans ses rides » comme tu le disais toi-même; et pour tout réveil que le bruit des fermiers qui passent dans la cour, avec leurs enfants et les petits de leurs enfants. C'est très-champêtre, je ne dis pas, mais enfin, ce n'est pas vivre !... Oh ! si tu le voulais, Mariquita, tu n'aurais qu'un mot à dire et je ne te quitterais plus... Le voudras-tu, ma chérie ? Voudras-tu me pardonner aussi généreusement mon oubli involontaire ?

Marguerite ne répondit pas. Les coudes sur ses genoux et le front dans ses mains, elle semblait compter les brins d'herbe reverdis, qui poussaient drus et fins à ses pieds.

Un sentiment de doute très-aigu traversa le cœur de Philippe.

— Mon Dieu ! est-ce que je me serais trompé encore ?... Est-ce que tu ne m'aimerais pas ?

Et brusquement il souleva son front.

Mais elle ne voulut pas lui laisser voir qu'elle pleurait, et avec cette passion si vraie, et surtout si chaste qu'elle s'ignorait encore, elle prit une des mains de Philippe comme pour y cacher son visage et la lui baisa......

. . . .

— Il n'y a vraiment plus d'enfants, dit l'abbé Gervais avec un peu d'humeur.

Il se leva tout préoccupé et regarda autour de lui.

— Vous cherchez votre chapeau, monsieur le curé ? demanda Mme Claudine; regardez donc sous votre bras gauche.

— Ah ! mon Dieu, suis-je assez distrait !... Est-ce que vous allez les garder longtemps comme cela ? interrogea le bon curé, en désignant les deux jeunes gens qui entraient dans la cour le visage épanoui de sourires.

L'austère Mme du Garric souriait aussi.

— Le temps seulement de recevoir les dispenses qui sont encore à Rome, répondit-elle.

— Comment, elles sont à Rome, et moi qui allais vous dire d'y songer !

— Les mères songent à tout d'elles-mêmes, monsieur le curé.

— Et vous êtes mère dans le sens le plus absolu du mot, mais nous recauserons de cela; je vous laisse à vos joies de famille et je me sauve chez notre malade du moulin.

—Ce pauvre Jean! comment le trouvez-vous?

— Pas bien, pas bien du tout, je vous assure. Bonsoir, chère dame.

— Au revoir, monsieur le curé !

— Mère, dit Philippe qui entra presqu'aussitôt ayant Marguerite à son bras : nous venons t'annoncer une bonne nouvelle : devine ?

Madame du Garric leva son regard vers le grand portrait appendu dans l'ombre des rideaux du lit et il lui sembla que le chevalier Robert tressaillait d'aise dans son cadre.

— Et voilà comme le bon Dieu équilibre tout en ce monde ! pensait l'abbé Gervais en cheminant vers le moulin de son malade. Il donne aux uns le repos d'en-haut, aux autres le calme sur terre, mais à tous la souffrance ! Et la souffrance n'est-elle pas après tout le creuset du bonheur ?

Il regarda autour de lui la campagne de mai, et les peupliers blancs d'Aigues-Mortes.

— Tout sourit de nouveau, se dit-il encore, et c'est là pourtant que j'ai vu se dérouler un drame !

Pauvre Bertha !

Des sept personnes de ce drame, cinq restent encore. Mais quel est celui des cinq dont le cœur gardera ton souvenir intact ?

Et tout en rêvant il passa le moulin, dépassa le Garric et arriva droit au canal. Grande fut sa stupéfaction ; il remonta tout confus, ne songeant pas, dans son humilité, que si l'âme de Bertha avait pu flotter sur sa route elle lui eût dit à l'oreille :

— Vous seul, vous souvenez, vous seul garderez ma mémoire, parce que vous seul m'avez aimée avec miséricorde, avec désintéressement, comme le Christ aima les âmes !

Le dimanche suivant on célébrait, en grande pompe, les fiançailles du chevalier Philippe du Garric, baron de l'Oseraie, avec Mlle Marguerite de l'Oseraie, sa cousine germaine.

Il y a vraiment dans la vie des jours où tout rayonne !...

XVIII

PAPIERS DE FAMILLE.

Qui n'a pas été bercé au bruit doux et monotone de cette phrase, vieille comme le monde :

« Le prince et la princesse s'épousèrent et
« furent très-heureux en ménage. Ils eurent
« un fils plus beau que le jour et une fille plus
« belle que l'aurore. »

Philippe et Marguerite remplirent à mer-
veille le premier paragraphe du conte de fée,
mais ils s'arrêtèrent au second, et la seule ombre
qui vînt obscurcir le gai tableau de leur bonheur, c'est qu'ils n'eurent jamais d'enfants.
Ils laissèrent leur immense fortune à un orphelin qu'ils avaient adopté, et qu'ils appelaient *Jacques*. Ce jeune homme étant entré
dans les ordres, le château et la ferme passèrent à des collatéraux qui les transformèrent
en vastes salines que les touristes vont aujour-
d'hui visiter.

C'est au milieu de cette tribu d'arrière-
petits-cousins, que j'ai pu recueillir de véri-
diques renseignements et distraire d'un volumineux dossier de famille, les documents qui
m'ont servi pour ce récit. Parmi ces documents
se trouvait une assez longue lettre, qui m'a
paru être celle de Bertha de l'Oseraie à Philippe du Garric. Malheureusement le papier
était déchiqueté par les vers, et les caractères
très-effacés par le temps.

La première page manquait dans son entier.

Voici quels étaient ensuite les fragments les
plus lisibles :

. . . .

Quand ma mère le rencontra il avait six ans
à peine, et déjà il jouait de la harpe dans les
rues de Montpellier ; mais ses petites mains
bleuies par le froid n'avaient plus la force de

pincer les cordes. Ma mère le trouvait joli, et ne pouvait en détacher ses yeux.

— Comment t'appelles-tu ? lui demanda-t-elle.

— On me nomme *Jacquinot,* répondit l'enfant.

— Et ta maman, qu'est-elle devenue, où est-elle ?

— Ma maman ?... elle est sous la terre.

— Pauvre petit ! Et ton père ?

— *Il ne marche plus avec nous, il s'est échappé* (1).

— Ah !... Et tu es tout seul ?

— Non, je suis avec mon grand frère.

— Est-il bon pour toi, ton grand frère ?

— Non, il est méchant. Si je ne lui rapporte pas mes douze sous ce soir il me battra; mais je ne le crains pas, voyez-vous, je ne crains personne moi, ajouta-t-il avec un petit ton résolu, que ma mère ne songea pas à approfondir.

— Est-ce que vous allez me donner beaucoup d'argent, madame ?...

Certes, ils lui ont donné bien plus que cela, ils l'ont gardé quatre ans avec eux et ma mère l'aimait comme son propre fils; puis à dix ans ils l'ont fait élever dans un collége où, malheureusement, il se trouvait en contact avec des fils de famille.

Vous souvenez-vous, Philippe, comme il

_____

(1) Textuel.

était intelligent et comme il réussissait dans toutes ses études ? Malgré cela, rancunier et fier, il ne voulait jamais jouer avec nous. Mon père, en le comblant de ses bienfaits, lui faisait trop sentir — inconsciemment, je veux bien le croire — son infériorité. Ce fut un grand tort, la cause de bien des malheurs peut-être !...

Cet enfant sauvage m'attirait tout en me faisant peur, j'essayais de le fuir, et cette émotion pleine de crainte qu'il m'inspirait pouvait être aisément prise pour une sorte d'aversion. C'est là d'abord ce qui vous a tous trompés.

Dès qu'il eut terminé ses classes mon père le plaça à Paris dans un maison de banque dont il connaissait le chef. Outre la pension très-généreuse qu'il lui donnait tous les ans, ses appointements lui permettaient de se montrer dans le monde sous un jour convenable. Au lieu de cela il se lia avec des jeunes gens irréligieux, dont les idées avancées menaçaient déjà l'ordre social.

A l'Oseraie, nous ne le vîmes plus que très-rarement. C'est alors que j'eus le malheur de perdre ma mère. Jacques se trouvait par hasard auprès de nous. Aux pieds de ce lit de mort, il pleura de vraies larmes; avec ma mère il perdait sa plus réelle affection, je le compris et, instinctivement cette douleur, ressentie à deux, nous lia, sans que nous nous fussions avoués ce sentiment à nous-mêmes.

Il vit le premier ce qui se passait en moi et le parti qu'il pouvait tirer de mon inexpérience. Marguerite n'était alors qu'une toute petite fille, et vous, un écolier bien loin de soupçonner ce qui germait dans l'âme de l'orphelin et dans la mienne. Mon père était souvent à Paris ou à Montpellier, et ses absences étaient longues. Au château, il dormait ou s'enfermait dans sa bibliothèque. Votre mère, la seule personne dont j'eusse à me défier, avait la surveillance du Garric, et moi celle de l'Oseraie, où j'étais bien libre et bien seule. . . . .

Mon Dieu! comme je l'ai aimé!... Pardonnez-moi, Philippe, de vous le dire. Je lisais beaucoup et tous les ans, quand il revenait de Paris, il m'apportait des livres... d'affreux livres, je le crois, mais qu'il parvenait à me persuader bons. Nous les lisions ensemble dans la forêt de Sylve-Réal, où il allait chasser.

Tout le mal est venu de là.

J'ai voulu avoir mon roman à moi, un roman bien misérable, n'est ce pas? Hélas! j'avais l'imagination imbue de sophismes et de rêves dangereux.

Aimer Jacques me semblait être l'idéal du beau et de la générosité.

(Ici se trouvait une lacune.)

.... Quand mon père sut le rôle qu'il avait joué dans toutes les menées révolutionnaires, au lieu d'essayer par la douceur et le raisonnement de le gagner au parti royaliste, il entra dans une fureur qui nous fit tous trembler ; puis il envoya à Jacques une grosse somme d'argent, et, en termes humiliants, l'ordre formel de ne plus remettre les pieds chez lui.

Jacques renvoya l'argent et la lettre avec ces seuls mots :

« Je serai désormais ce que vous m'aurez fait. »

Plus tard une scène eut lieu, terrible, et creusant à tout jamais un abîme entre ces deux hommes. Vous avez su comment Jacques fut chassé, et comment depuis ce jour, il nous fut défendu de jamais prononcer son nom. Les jours, les mois se passèrent, le petit joueur de harpe d'autrefois, le tribun des clubs révolutionnaires d'alors, fut vite oublié de vous et de Marguerite qui l'aviez à peine connu. On ne le vit plus jamais reparaître dans le pays.

Il y revenait pourtant....

Hélas ! si à cette époque vous aviez eu l'âge d'homme, peut-être m'eussiez-vous sauvée, Philippe !

. . . .

Comment ai-je pu en arriver là ?.... Comment ai-je pu aller le rejoindre jusque dans la forêt, un soir que l'ombre épaississait les arbres ?....

J'étais folle, j'agissais sous l'impulsion malsaine et irrésistible de mes livres. Ce n'était pas mon cœur, ce n'était pas ma raison, ce

n'était pas moi enfin, qui marchais seule, la
rougeur au front, la respiration haletante ;
c'était mon imagination abusée qui sous le
charme s'élançait au devant de lui, se courbait
à ses pieds.... Il était le maître, et s'il m'a
toujours entourée des formes du plus profond
respect, c'est qu'il savait bien qu'en agissant
autrement, je me serais éveillée à tout jamais
du mauvais rêve.... Je vous l'ai déjà dit,
Philippe, j'ai horreur des taches !....

Ce soir-là il vit bien que ma conscience
dormait et s'inclinait jusque dans le sable, il
m'enveloppa de son regard de feu :

— Bertha, me dit-il, je suis maudit de votre père, je n'ai pas de nom, je suis sans
foyer et sans fortune, je n'ai que vous au
monde... Voulez-vous me suivre ?

Le bois était plein d'ombre et de silence,
la chevelure fauve, et les yeux noirs de Jacques toujours à genoux, m'éblouissaient dans
la demi-obscurité. Certes, dans mes romans
préférés, je n'avais rien vu de plus terrible et
de plus beau ! Cependant, je voulus lutter encore, et saisie d'un trouble inexprimable, je
m'élançai dans la direction du château sans
oser retourner la tête. Il n'essaya pas de me
retenir; il savait bien que je reviendrais.

(*Ici se trouvait une autre lacune*).

. . . .

C'est au plus fort de la terreur quand on
incendia l'Oseraie que nous sommes partis;

j'avais vingt-un ans alors, nous nous mariâmes à l'étranger puis nous rentrâmes à Paris.

Oh! Philippe, vous étiez peiné un jour parce que je ne semblais pas émue, en achevant une perdrix blessée, parce que le sang de l'oiseau avait rejailli sur mes mains ?......
Mais j'ai marché dans des ruisseaux de sang!...
Mais j'ai vécu, j'ai respiré dans cette fumée sanglante !... et, chose étrange, ce temps-là a été le moins malheureux de ma vie.

Jacques écrivait dans les feuilles républicaines, il n'aimait que moi au monde et je l'admirais aveuglément. J'écrivais avec lui, vous savez que j'ai toujours eu des goûts un peu littéraires ? — ce qui, par parenthèse, déplaisait fort à ma tante Claudine. — Eh bien, nous écrivions tous les deux et nous agissions sans égoïsme, sous la seule impulsion de ce grand mot: PATRIE, qui fanatise dans la lutte même ceux qui le comprennent mal.

...Aujourd'hui, quand je songe à tout ce que j'ai vu, à tout ce que j'ai éprouvé, à la part trop grande que j'ai prise dans les événements lugubres d'il y a huit ans; quand je me rappelle avec dégoût la société dans laquelle j'ai vécu; ma foi de jeune fille éteinte, mon éducation gâtée par le mauvais ton de ceux qui m'entouraient, mon nom, le nom de cette race de preux dont mon père est si fier, souillé au contact de toutes ces choses... je me demande si je ne suis pas sous le coup d'un cauchemar horrible ? Je me demande si...

(*La page suivante manquait totalement.*)

. . . .

En Amérique, nous fûmes bientôt à bout de ressources.

..... A New York, Jacques tomba malade. Devinez ce que j'ai souffert, mon cousin, car je ne puis pas, je ne me sens pas la force de vous retracer cette époque de ma vie.... Ces jours sombres et pleins d'angoisses où, pour donner du pain à mon mari, moi, fille de baron, et petite-fille de duc, j'ai chanté dans les rues!!. . . . .

C'est alors que je rencontrai M. d'Aunel. Sous ce caractère léger et puéril que vous connaissez se cache un grand fond de bonté et d'honneur. Il nous prit en pitié, et ses offres généreuses nous permirent de rentrer en France. Le malheur avait aigri Jacques, et quoique douée moi-même d'une certaine énergie de volonté, je pliai devant lui comme l'enfant docile.

Encouragé par Armand d'Aunel, dont le crédit lui avait ouvert les salons du monde artistique, il voulut essayer de la vie d'artiste, et, malgré mes répugnances instinctives, il m'y entraîna avec lui.

Je me sentais au fond du cœur une reconnaissance très-vive pour M. d'Aunel, quoique je ne me rendisse pas bien compte du sentiment qui l'avait fait agir; je n'osais pas m'en douter, je le sus un jour où, pleurant la plus cruelle déception que Jacques m'ait causée, il me proposa de divorcer et de l'épouser.

Une maladie de son oncle vint heureusement l'éloigner de nous, et un changement de résidence me préserva pour longtemps de ses importunités.

Quoique le divorce soit aujourd'hui dans nos mœurs et dans nos lois, je l'ai toujours repoussé avec horreur ; et si j'y ai songé, il y a quelques mois à peine , ce n'a été qu'un instant, un éclair de faiblesse, que le bon Dieu a permis sans doute, pour que je puisse me relelever plus croyante et plus forte.

(A cet endroit de la lettre, l'écriture, percée de mille petits trous, était devenue illisible. La page suivante commençait ainsi :)

... Quand j'arrivai à l'Oseraie je venais de Barcelonne, d'où je m'étais presque enfuie, attirée par le voisinage des côtes de France, par ces brises de mer qui venaient le soir sous une vérandah m'apporter quelques vagues parfums d'oliviers et de lauriers roses... J'avais le mal du pays, le désir violent de reprendre les affections chéries, dont je m'étais déshéritée moi-même, et je suis revenue...

Tout le reste, vous le savez, Philippe, mais ce que vous ignorez encore, c'est que Jacques m'eut bientôt retrouvée.

Il ne peut se passer de moi, voyez-vous, il

m'aime à sa manière et cet amour, fait de larmes et de déceptions, est une chaîne indestructible.

Il avait peur, malgré tout, qu'à l'Oseraie, on ne me reprît à lui et avait exigé de moi le serment de ne rien dire. J'ai juré pour tout le temps que durerait mon séjour mais pas au-delà. Des circonstances, plus fortes que ma volonté m'ont obligé de dire un soir à Eugénie de Fresne : « Je suis mariée, » mais elle n'a jamais eu d'autres explications ; à vous j'aurais voulu tout dire, et vous vous souvenez quelle torture votre insistance m'infligeait !...

D'un mot je pouvais en vous ôtant tout espoir vous rendre la paix du cœur, et me justifier de soupçons immérités et cruels.

Car c'était lui, c'était mon mari, le revenant qui effrayait si fort Joscelyn et Marguerite !

Que de froides nuit d'hiver il a passées grelottant dans les galeries du vieux châteaux rien que pour apercevoir, quand je n'osais pas le rejoindre, la lueur de ma lampe briller au chevet de mon lit....

C'était lui, c'était mon mari, que j'allais retrouver à cheval et non M. d'Aunel, et c'était lui encore qui, dans le costume d'un paysan camargue, accompagnait le brancard de ce pauvre M. Armand, que dans un accès de jalousie il avait provoqué et failli tuer !....

Voilà mon secret, Philippe, voilà tous les souvenirs, — ceux de ces derniers jours surtout, — qui me reviennent en foule, douloureux ou tendres, dramatiques ou souriants. Ils seront ma vie désormais, car je ne reviendrai plus, il ne faut pas se faire d'illusions. *Mon mari* ne me laissera plus revenir, et mon père ne pardonnera jamais, j'en ai acquis ce soir une dernière preuve.

J'avais caché les pions du damier et j'en ai mis d'autres à la place, je ne sais si vous vous en souvenez ?... Jacques les avait sculptés autrefois et papa aimait à s'en servir. Dès qu'il les a vus il m'a dit de les jeter, il me l'a dit en termes tels, que cela suffisait amplement pour me faire comprendre que je n'avais rien à espérer... rien sur la terre du moins, car maintenant je suis à Dieu ! A Dieu qui m'a pardonné de l'avoir oublié si longtemps, à Dieu à qui j'offre mes souffrances, pour que sa divine miséricorde protège mon enfant, si je venais à lui manquer... Hélas ! puis je compter sur la vie quand je sens ma santé perdue, quand je vois mes espérances de retour éteintes ?

C'est notre bon curé du Garric qui m'a fait aimer Dieu ! Sans que personne l'ait soupçonné, il avait eu l'intuition complète de tout ce que je vous cachais; avec lui je n'ai pas trahi mon serment, je l'ai laissé lire dans mon âme. Puisse-t-il savoir combien je le bénis du fond du cœur !

Adieu, Philippe, je vous ai fait ma dernière

révélation, qu'elle soit ensevelie avec toutes les autres.

Ne me cherchez pas, toute tentative serait inutile, je suis disparue pour tous une seconde et dernière fois. Oh ! quelle douleur de se condamner à cette mort volontaire, quand toutes les fibres du cœur sont encores si vivantes, quand il eût été si bon de vivre dans son pays natal, de reprendre sa place au foyer de la famille.

... Mais, mon Dieu ! ai-je le droit de me plaindre, quand moi seule ai fait ma destinée ?

Gardez mon secret en homme d'honneur et ne contez mon histoire qu'à vos petits enfants, elle renferme pour eux une grande et saisissante leçon.

Votre mère qui a deviné peut-être la cause de mes malheurs, vous la dira si vous ne l'avez déjà comprise.

Vos petits enfants !... Je pleure en écrivant cela, et pourtant il me semble qu'à cette pensée nos bons rires d'autrefois reviennent. C'est que je vous lègue ma sœur et que je suis presque heureuse, en songeant que votre cœur et votre imagination un instant égarés vont reprendre la route aimée où Mariquita vous attend.

Cependant ne rentrez pas encore au Garric, courez par monts et par mer, afin d'orner votre esprit davantage, d'acquérir plus d'expérience et surtout de m'oublier vite.....

(*Les quelques lignes qui suivaient étaient peu*

distinctes. Elles renfermaient des adresses et des recommandations en cas de mort, relatives à cet enfant à venir, que Bertha attendait. Au bas de la page l'écriture était devenue encore plus inégale et tremblée.)

. . . .

Ma lettre va vous causer une nouvelle douleur. Je suis triste de vous l'infliger, triste de ne plus vous revoir... mortellement triste de quitter l'Oseraie !.....

. . . .

Adieu !... Adieu Philippe !...

Dans bien longtemps d'ici, quand vous aurez vécu des années de bonheur, pensez quelquefois à votre pauvre cousine.....

. . . .

(*Le nom de* BERTHA *était à demi effacé.*)

TABLE DES MATIÈRES

Chapitres	Pages
I. — Six siècles après la croisade	1
II. — Etude de têtes	15
III. — Bertha	32
IV. — Le journal de Marguerite	46
V. — Où il est question d'un bout de cravache	52
VI. — Un coin du voile	57
VII. —Changements à vue	74
VIII. — Suite du journal de Marguerite	83
IX. — Fin du journal de Marguerite	97
X. — Mère et fils	119
XI. — A travers l'orage	126
XII. — A travers la nuit	141
XIII.—Au bout du fossé..... Marguerite	148
XIV. — Etude d'âmes	157
XV. — Où il est question de pions sculptés et de harpe éolienne	168
XVI. — Farewel ! Farewel !	185
XVII. — Tout rayonne	199
XVIII. — Papiers de famille	206

Clermont, imp. Centrale (MALLEVAL), avenue Centrale.

www.ingramcontent.com/pod-product-compliance
Lightning Source LLC
Chambersburg PA
CBHW050354030726
47503CB00006B/1854